Jane fue convencida por sus amigos a quedarse en su escuela un viernes por la noche, y aunque desde un inicio tuvo un muy mal presentimiento y vivió extrañas experiencias, decidió ignorar todas estas. Grave error. Aún más grave si eres consciente del accidente que había ocurrido tiempo atrás, de lo extraño que está el ambiente y de cómo la misteriosa y marginada Camila te advierte repetidamente que renuncies a ese plan..

Cuando llega finalmente el día, el momento, todos están divirtiéndose, pero nuestra protagonista sigue sintiendo incomodidad, y no es hasta que una integrante del grupo de adolescentes queda sin vida de forma aterradora que estos empiezan a alarmarse y a darse cuenta del error que han cometido.

Un encuentro inesperado, un extraño final, sentimientos revelados en medio de la tormenta de horrores, y más cosas suceden en el transcurso del intento de escapar de estos jóvenes, y digo intento, porque no todos lo logran.

NIEMAND

En las sombras, donde la realidad se desvanece,
emerge como un eco de tus peores pesadillas

Yuyu Jáquez Huang

CAPÍTULO I

CAMILA

– Hasta luego – se despide Cassie.

Alex y yo nos quedamos solas en el baño de la escuela. Ella se está mirando en el espejo mientras se arregla el cabello. La observo disimuladamente. Es realmente hermosa. Está intentando arreglar o más bien acomodar sus hermosos rizos dorados. Su rostro no expresa nada más que concentración. Me distraigo un poco al ver sus bellas y sonrojadas mejillas.

– ¿Sucede algo? – me pregunta.

Entro en razón y seguido sacudo un poco la cabeza. Probablemente me quedé mirándola fijamente y de seguro parezco una acosadora embobada. Estoy un poco avergonzada. Más bien muy avergonzada. Espero no haber babeado. Noto que Alex me está mirando, esperando una respuesta de mi parte.

– ¿Disculpa? No te escuche...– miento descaradamente intentando disimular mi vergüenza.

– Estabas mirándome y pensé que pasaba algo – dice sonriendo.

Niego con la cabeza suavemente. Me siento aún más avergonzada. Alex es mi mejor amiga desde hace años pero últimamente me he sentido muy extraña con ella. Mi corazón se acelera cada vez que la tengo cerca. Cada vez que sus ojos se encuentran conmigo. Cada vez que su dulce aroma llega a mi nariz. Cada vez que peina su travieso mechón de pelo y lo coloca detrás de su oreja, aunque este vuelva a escapar. Soy consciente de lo que me sucede, pero una parte de mí no está preparada para aceptarlo.

– Hey, Cam, ¿segura de que estas bien? – ella se aleja del espejo para acercarse a mí y coloca su mano en mi hombro – Ahora enserio.

Somos mejores amigas, ¿recuerdas? Puedes contarme lo que sea.

Mi respiración se entrecorta. Hoy me siento más extraña que nunca. Sus ojos se encuentran con los míos. Su aroma llega a mi nariz. Con su otra mano se vuelve a arreglar un mechón de pelo y lo coloca tras de su oreja. Todo lo que desata mis nervios. Sus brillantes ojos azules. Sus tiernas mejillas sonrojadas. Sus largas pestañas. El momento es tan perfecto. No quiero arruinarlo, pero aun así me armo de valor.

– Yo...

Ni siquiera puedo acabar de hablar, ya que fuera del baño se escucha un ruido extraño. El momento que era perfecto se acaba de arruinar.

Alex voltea a la puerta y enseguida vuelve a mirarme, pero esta vez con un curioso brillo en sus ojos. Ese brillo que le da un toque aventurero a su rostro. Su sonrisa se hace más grande y ya sé lo que está pensando.

No soy una persona muy asustadiza, de hecho, disfruto escuchando uno que otro podcast de casos paranormales de vez en cuando, pero cuando se tratan de situaciones 100% reales y más aún si estoy involucrada, no me siento exactamente cómoda o tranquila. Pero en cuanto su mano toma la mía mi mente queda en blanco. Todos aquellos pensamientos dudosos se desvanecen y seguido solo aparece únicamente una cosa en mi cabeza. Haría lo que sea por complacerla.

Siento el calor de su suave piel, pero no tengo tiempo de reaccionar ni pensar cuando ella me arrastra hasta fuera del baño y nos quedamos mirando a los alrededores.

– ¿Qué habrá sido ese sonido? – pregunta Alex, pero casi no puedo prestar atención a otra cosa aparte de que nuestras manos siguen unidas. Cada vez tengo más claro el problema, pero por alguna razón sigo sin poder aceptarlo – Cam – me llama al ver que no respondo.

– No tengo ni la más mínima idea – digo disimulando lo mejor que puedo la situación en la que se encuentran mis sentimientos.

– Te noto muy extraña. ¿Está todo bien? – me mira fijamente. Percibo preocupación en sus ojos, eso solo hace que mis mejillas se sonrojen, si es que ya no lo estaban. No es la primera vez que me mira así, pero siento como mi corazón se acelera.

– Sí. Digo no. Nada – veo que sigue preocupada y algo confundida por mi respuesta. Lo pienso un poco y no puedo negar que tengo miedo de cómo se lo vaya a tomar, pero al final me armo de valor otra vez – Bueno, en realidad...

Es como si el universo no quisiera que yo le revelara a Alex lo que realmente está atormentando mi mente y acelerando mi corazón. Un sonido suena al otro lado del pasillo, el mismo que había sonado hace unos momentos atrás, las dos nos volteamos a ver. No hay nada, pero la vibra del lugar se vuelve mucho más pesada. Alex y yo no apartamos la mirada de la puerta que está al final del pasillo. Algo es extraño. Nos dejamos caer en el suelo cuando un fuerte pitido se hace presente. Toco mi oído con mi mano y este está sangrando ligeramente. Veo a Alex, me está mirando asustada, las dos sentimos dolor y miedo. Mis ojos regresan a la puerta, pero esta ya no está cerrada.

– Vámonos.

No digo nada más. Tomo la mano de Alex y la levanto. No sé qué es lo que provoca ese ruido ni de dónde salió ese pitido, pero tampoco quiero quedarme para averiguarlo. Nos ponemos a correr en dirección a la salida, pero pareciera que no avanzamos. De pronto siento como Alex se detiene de la nada, volteo a mirarla confundida. Alex está mirando a un punto fijo a su izquierda. Por instinto volteo a la misma dirección. Las luces de ese pasillo parpadean y cada vez que la luz se apaga aparece una extraña figura en la oscuridad. Alex está paralizada del miedo, yo trato de divisar la figura, hasta que veo que poco a poco se acerca cada vez más.

– Alex, vámonos – volteo a verla al no recibir respuesta, pero ella no reacciona – Alex, por favor– vuelvo a ver al pasillo, la cosa no está, a pesar de que no creo en que esas historias paranormales que escucho, siento una vibra muy negativa y esta situación se siente bastante real – Alex – comienzo a agitarla, ella me mira y el terror en su mirada es demasiado alarmante.

Vuelvo a voltear al pasillo y acepto que esto es un sueño, una pesadilla, debe serlo. En la vida real no sería posible que hubiera un monstruo de 3 metros en el pasillo de mi escuela. Es imposible.

Algo largo y negro, parecido a un tentáculo, sale disparado hacia nuestra dirección, pero antes de poder reaccionar, sea lo que sea eso agarra el pie de Alex y la jala. Yo tomo sus manos con fuerza, a pesar de que caigo al suelo por la fuerza de la criatura, que supera la mía y por mucho, no me atrevo a soltar a Alex.

El monstruo es horrible, aterrador, algo me hacía no poder dejar de verlo. Como cuando ves un video desagradable en internet, pero por alguna razón te quedas a verlo hasta el final. La diferencia es que en este caso la idea de perder a mi mejor amiga no es muy atractiva para mí, es más, es inimaginable. Trato de mantenerme tanto a mí como a Alex bajo la luz porque presiento que la criatura no puede penetrar esta ya que no ha salido de las sombras.

– Alex resiste, se cansará en algún momento – digo intentando jalar con más fuerza.

– Cam, tú te cansarás primero y lo sabes – dice Alex, cuando la miro noto que el temor en sus ojos es cada vez mayor, pero que además de eso, la aceptación también incrementa en su rostro – Vete, huye mientras puedas, déjame aquí.

– No digas eso. ¿Cómo se te ocurre pedirme que te abandone? Sabes que yo jamás te dejaría – respondo con dificultad mientras trato de jalar más fuerte.

– Tienes razón. No lo harías. Eres una chica bastante leal – me mira con una extraña sonrisa. No me gusta lo que me transmite ese tono que está utilizando.

– Oye, que...– no llego a terminar mi oración.

Alex suelta mis manos. Veo como la oscuridad se la traga. Como ese monstruo me arrebata a mi mejor amiga. Me quedo en shock unos segundos, tal vez un minuto y me odio por eso. ¿Por qué no puedo entrar en la oscuridad y salvarla? Se supone que yo soy la valiente, pero ¿por qué sigo aquí pasmada?

Escucho un grito y sé que es de Alex, mis piernas tiemblan y mi corazón se acelera. Siento una presión en el pecho que no me permite respirar. Las lágrimas se hacen presentes. No puedo reaccionar.

No es como los gritos de felicidad que estoy acostumbrada a recibir por parte de Alex. Ni como sus risas tan ruidosas que siempre se me contagian. Es un grito de dolor, sufrimiento y terror. Un grito que se siente como si me apuñalaran el corazón una y otra vez.

De pronto la luz sé enciende. La vibra se vuelve más ligera, pero...no es suficiente. Porque puedo ver a Alex al final del pasillo. Puedo ver cómo está llena de sangre, cómo sus intestinos están ligeramente expuestos, o eso creo, porque con tanta sangre ya ni siquiera puedo diferenciar que es qué; como el pie, que antes estaba siendo jalado por la criatura, ya no está pegado a su cuerpo; cómo sus hermosos rizos están hechos un desastre, y pasan de su color dorado a estar teñidos de color rojo por la sangre. Me parte el corazón.

Me echo a correr hacia ella y al llegar me arrodillo a su lado. Lloro desconsoladamente. Tomo su mano entre las mías.

– Alex...– digo casi en un susurro – Alex por favor...– la desesperación inunda mi ser al no sentir el calor que originalmente emitía su mano.

Sus ojos se abren, me regala una triste sonrisa que intenta ser reconfortante, pero no lo es. Comparo esa sonrisa con las otras que abundan en mis recuerdos y son completamente distintas. La sonrisa de Alex siempre ha estado presente hasta que llegó un punto en el que casi no la notaba de tan común que era verla sonreír, como si formara parte de su cara normal. Ahora me arrepiento. Si pudiera viajar en el tiempo tomaría fotos cada vez que la viera sonreír para poder atesorar esa imagen para siempre. Pero ya no es posible.

No puedo cambiar el pasado. Ya no puedo tomarle fotografías a su sonrisa y tampoco puedo evitar que acabe tal y como está ahora.

– Cam, debes irte de aquí...rápido...– dice con suavidad.

– No, si esa cosa me mata es porque lo tengo más que merecido. Perdóname Alex, fue mi culpa, debí hacer más, debí salvarte. Yo soy la que debería estar en tu lugar. Soy una idiota, jamás me lo perdonaré. Por favor, resiste. Iré por ayuda, estarás bien – al ella notar que yo iba a levantarme sostiene mi mano, pero es tan delicado su agarre que me detengo en seco. Me da miedo que con cualquier movimiento pueda lastimarla aún más.

– No quiero, Cam...puedo ver mis heridas, sé que no sobreviviré...– Dos lágrimas bajan por sus mejillas. Yo solo la miro, sintiendo mi corazón desmoronarse - Estaré bien, lo prometo.

– ¿Cómo estarás bien? ¿Acaso eres tonta? No vas a estar bien si no sobrevives, no vas a estar bien con tanto dolor. Todo esto es mi maldita culpa, perdóname por favor Alex...– digo siendo interrumpida por mi llanto.

– No, no fue tu culpa...si tan solo hubiera corrido como me pedías, esto no habría pasado – dice con suavidad – No tengo miedo Cam, no me duele...siento paz...pero necesito que me digas que tú estarás bien...

– Sí, lo estaré – no quiero mentirle, pero es lo mejor, es lo menos que puedo hacer – Tenías razón, sí he estado rara, la razón es...– cuando la vuelvo a mirar noto que el brillo de sus ojos ya no está, temo hacerlo, pero coloco un dedo bajo su nariz y otro en su cuello y al notarlo siento como mi mundo se desmorona y mi corazón se parte en mis pedazos – La razón es que te amo...Alex, yo...yo realmente te amo – le digo, pero ella ya no fue capaz de escucharlo.

CAPÍTULO II

1 AÑO Y 3 MESES DESPUÉS...

JANE

– ¡Al fin se reúne la banda! – dice Sam con su típica gran sonrisa.

– Sí, por fin. Esas clases virtuales ya me tenían cansada – digo, entre risas y con un gran alivio.

– A mi igual, además, estaba reprobando todo y no entendía nada – se queja Joshua.

Han pasado 15 meses o un año y tres meses desde el incidente, pero se ha sentido como una eternidad. No conozco muchos detalles, mejor dicho, nadie sabe gran cosa. La escuela se mantuvo muy estricta con el tema y quisieron mantener todo lo más "discreto" posible, aunque no les funcionó para nada.

No sé mucho del incidente, solo sé que fue muy sangriento y que por temas legales y de seguridad las clases debieron ser a través de una pantalla. Informaron que Alexandra, más bien conocida como Alex, falleció aquí en la escuela, pero no dieron detalles de lo sucedido. Lo poco que sé es que Camila estuvo ahí, y que, según los rumores, ella la asesinó.

– No recuerdo porque tuvimos que tomar esas tontas clases virtuales...– dice Olive.

– Camila asesinó a Alex, no es un secreto – dice Hunter con descaro.

– No digas eso, Hunt. Camila fue a un juicio y la declararon inocente. Ella no hizo nada – la defiende Joshua.

– Eso hasta donde sabemos. Yo, honestamente, no le creo – dice Louis, apoyando a Hunter – Fácilmente su familia pudo sobornar al juez.

A cierta distancia, escuchamos unos gritos; un grupo de personas tienen rodeada a Camila. Por la distancia no que dicen no se puede entender, pero por la cara de Camila imagino que no es algo muy bueno. Miro a mis amigos, ellos solo hablan fingiendo no notar qué Camila, quien era nuestra amiga, mi amiga, está siendo víctima de insultos hirientes. Sería muy irónico que después de todo sí sea culpable y yo estoy aquí preocupándome por una asesina.

– Jane.

– ¿Sí? – le respondo a Coral.

– No pienses en eso. Lo hecho, hecho está. No sabemos si Camila en realidad mató a Alex, pero sí sabemos que Alex no se cortaría el vientre o amputaría media pierna por sí sola, mejor hay que prevenir que lamentar, es lo que siempre dices, ¿no? – y tiene razón, es lo que siempre digo, así que sí le llevo la contraria solo me veré aún más ridícula de lo que ya me veo.

– Ni siquiera estaba pensando en eso – miento, sé que sabe que estoy mintiendo porque ella me conoce y lo hace muy bien, pero también sé que lo dejará pasar.

– Oigan, hay que ir a clases – interrumpe Sally.

Coral y yo nos damos una última y breve mirada. Cada quien se dirige a su salón de clases. Yo tomo mi camino a la clase que me corresponde, en este caso a Ciencias.

En cuanto cruzo por el pasillo noto algo muy extraño, las voces de la gente ya no se escuchan, y poco después también noto que en realidad ya no están. Una sensación de incomodidad me invade, me siento acechada, como si me siguieran, como si me observaran...

Veo algo negro asomarse por mi costado, volteo con rapidez, pero no hay nada. "Debe ser una broma" es lo que pienso, más bien es de lo que intento convencerme.

Recupero la tranquilidad por un segundo, hasta que siento algo rozar mi espalda. Como un suave rasguño. Me paro en seco y volteo enseguida. Nada. Mi respiración se acelera y poco a poco se me complica más controlarla. Rebusco en mis bolsillos hasta encontrar en ellos mi inhalador para el asma.

Lo uso, desesperada y trato de recuperar la tranquilidad. Miro a todos lados al notar que el pasillo se había vaciado, de pronto ya no había nadie. Pienso un poco y me doy cuenta de que ya había notado que no había nadie, pero al parecer... ¿se me había olvidado? Estoy muy desorientada. Me asomo por todas partes buscando gente, buscando voces, buscando tal vez ayuda, pero no encuentro nada. Mi nerviosismo aumenta significativamente.

Escucho un breve susurro en mi oído, lo que me causa alguna clase de parálisis. No siento mi propio cuerpo. Más que no sentirlo, no puedo controlarlo. Como si este cuerpo no fuera mío y yo no fuera más que una simple espectadora. De pronto siento una mano posarse en mi hombro lo que causa que un grito silencioso salga de mi garganta.

– Jane, soy yo – dice Sally sorprendida al ver mi reacción – ¿Qué pasa?

– Nada, no pasa nada – digo más calmada, noto que los pasillos vuelven a estar poblados, y tal vez siempre lo estuvieron – Es solo que no he estado durmiendo bien, estoy imaginando cosas raras – explico tratando de convencerme más a mí misma que a ella.

– Deberías verte la cara, parecería que viste un fantasma – responde, con una expresión más tranquila y algo burlona.

Quisiera decirle que no simplemente lo vi, si no que más bien lo sentí, pero decido no hacerlo. Ni siquiera creo que se trate de un fantasma, se supone que esas cosas no existen. Si le digo eso, podría pensar que estoy loca y que oír tantos podcasts se me subió a la cabeza.

Además, no estoy segura de qué fue lo que pasó hace un momento. Probablemente es exactamente lo que dije antes. No dormí bien y estoy imaginando cosas.

– Tenemos química juntas, ven, es hora de ir – me informa Sally, sacándome de mis pensamientos.

Sally jala de mi mano y me guía a nuestro salón. No puedo concentrarme en la clase. Solo puedo pensar en lo que pasó hace un rato en el pasillo. ¿Qué fue eso? Lo más probable es que es solo mi mente traicionándome, jugándome una broma. De eso trato de convencerme. De eso convencí a Sally. Pero, ¿y si no? ¿Acaso estoy enloqueciendo? Nada de esto tiene sentido. No logro seguir quejándome mentalmente porque noto un par de ojos posados en mí.

Camila.

La mismísima Camila. Está sentada al fondo en un área algo...solitaria. Cuando ella se entera de que la descubrí observándome aparta su mirada rápidamente y con algo de vergüenza. No creo que sea raro que me mire. Tiempo atrás solíamos ser amigas muy cercanas, pero luego pasó lo de Alex y todo cambió. Supongo que el terror que siento de ser lastimada por ella, tal como se rumorea hizo con Alex, influye grandemente en nuestro distanciamiento.

Al estar tan sumida en mis pensamientos no logro notar cuando la clase concluye. El salón está casi vacío. Solo quedamos Sally que está de pie esperándome para irnos juntas, Camila, que está terminando de guardar sus cosas y yo, que acabo de tomar conciencia. Decido ponerme de pie y mirar a Sally, quien por mi gesto entiende que estoy lista para marcharnos. Ella sale del salón y yo la sigo voy pero antes de salir cruzo una mirada con Camila y creo percibir que ella tiene un vacío en sus ojos.

CAPÍTULO III

Las horas fueron pasando y ya era hora del receso. ¿Es normal que el día haya pasado tan rápido y tan lento a la vez? Estoy sentada en una mesa circular con mis amigos habituales.

– Jane – me llama Olive – Jane, reacciona – dice entre risas – Tierra llamando a Jane – sigue insistiendo.

– ¿Qué? – respondo confusa. Ni siquiera me había enterado de que estaban hablando y menos conmigo – ¿Qué pasa?

– Básicamente estamos tratando de tener una conversación divertida como grupo, pero tu mente parece no estar en tu cuerpo – bromea Joshua.

– Ahh...– no sé qué responder, solo rio por lo bajo.

– Oigan, ¿enserio creen que la Camibal haya matado a ya saben quién? – interviene Hunter con un tonito.

– ¿Camibal? – pregunta Sally sin entender bien a lo que se refería.

– Oh, cierto, ustedes no se enteran de lo que dicen los "salvajes" – dice Sam, refiriéndose a los populares como "salvajes" – Es el nuevo apodo para Camila, está muy bien pensado la verdad.

– Pero, ¿por qué Camibal? – dice Coral.

– Pues Cam es por su nombre, Camila. Ibal es por Caníbal. Suena muy bien cuando lo fusionas porque de por sí Camila y Caníbal son palabras parecidas, de ahí surge Camibal – explica Hunter.

– Pero, ¿qué tiene que ver Caníbal con Camila? No se ha comido a nadie – interrogo.

– Eso hasta donde sabemos – me responde Louis – Además, ¿quién te confirma que ella no se comió el pie desaparecido de Alex? – al no recibir respuesta el continúa – ¿Ves? Tengo razón, siempre la tengo.

– Por Dios, ustedes solo son unos chismosos abusivos. ¿Acaso no piensan en qué ella puede ser inocente y que lo único que hacen es hacerla sentir mal? Alex era su mejor amiga. ¡Debe estar más que devastada!

Coral comienza a discutir con los chicos, pero sus voces me suenan cada vez más lejanas. Miro a mi alrededor. No entiendo qué está pasando. Qué estoy sintiendo. Dirijo mi mirada a todas partes, ni siquiera sé qué estoy buscando. Siento como comienzo a sudar, cada segundo más y más. Mis piernas están temblando. Puedo sentir los latidos de mi corazón en mi pecho.

– ¡Jane! – me llamaron mis amigos al unísono, haciendo que me sobresalte.

– Hoy estás demasiado rara – dice Sally.

– ¿Qué es lo que te pasa? – pregunta Hunter, aunque más que preocupado parece molesto.

– Nada, solo no dormí bien anoche – me excuso, pero ninguno cambia su mirada.

– A mí me parece que solo estás desanimada – dice Sam – Tengo una idea bastante...loca, podríamos llamarle.

– Ya empezamos...– dice Coral soltando un suspiro.

– ¿Qué tal si organizamos alguna actividad juntos? – propone.

– Pues ni tan loca, la verdad si me gusta la idea, pero recuerda esto: NO TENGO DINERO. – dice Coral.

– Pide a tus padres, no es posible que nunca te den dinero, y cuando digo nunca es nunca, literalmente – dice Olive antes de suspirar cansada.

– ¿Y cómo planean organizar eso? Apenas si nos vemos fuera de la escuela... – dice Joshua.

– Cierto, pero, ¿quién dice que será fuera de la escuela? – dice Sam, con una sonrisa al causar suspenso.

– Déjanos en paz – escucho a Mia, luego de haber estado callada tanto tiempo, aunque sea algo típico de ella – Tú nunca te explicas bien, seguro saldrás con una de tus muchas tonterías...

– Cálmate fiera. Primero escuchen. Unos chicos de último año harán una pijamada aquí en la escuela el viernes, nosotros podemos venir y unirnos a ellos...– sugiere Sam.

– ¿Se puede saber cómo te enteraste de eso? Porque hasta donde sé, no eres muy popular que digamos... – interviene Louis.

– Lo dices como si tu si lo fueras...– se defiende Sam – Me lo dijo Marco.

– ¿Marco? ¿El que parece ser amigo del hijo de Goofy? – se burla Hunter – Y como él se enteró?

– Lo escuchó en las prácticas de Básquet.

– No es tan mala idea...– interviene Sally – De hecho, suena divertido.

– Y me sale gratis... – dice Coral – Pero como evitaremos que nos atrapen los de seguridad?

– Ellos ya se encargarán – Sam mira a Hunter – Y adivina que Hunty...– dice alargando el "ty" con una sonrisa que no transmite nada de confianza.

– ¿Qué? – responde de mala gana.

– Tu linda, guapa y súper sexy hermana irá.

Ellos empiezan a discutir, cosa que no entiendo porque si Hunter debería discutir con alguien es con su hermana y no con Sam, y yo me pongo a pensar. No me parece una buena idea. Mucho menos si los que la idearon fueron los "salvajes". Pero mis amigos parecen pensar lo contrario, hablan emocionados de lo divertido que será y de cómo nos hará más populares, o algo por el estilo.

– ¡Esto no se trata de tu hermana, Hunter! – interviene Louis – Iremos este viernes y punto – todos concuerdan, pero Louis al notar mi silencio me mira fijamente – ¿Tu que dices, Jane?

Al sentir la atención de todos mis amigos sobre mí empiezo a sentir más nervios y presión, no quiero arruinarles la emoción, así que no me niego. Todos sonríen alegres y empiezan a hablar de lo divertido que será. No sé por qué me preocupo, después de todo... ¿Qué podría salir mal?

– Hey...

Escucho un susurro. Alguien me está llamando. ¿Es a mí? No quiero voltear y que finalmente no sea a mí a quien buscan. Eso sería muy vergonzoso. Vuelvo a escuchar el mismo susurro. "Hey". Quizás sí sea a mí. ¿Pero quién? Miro a todos los presentes en la mesa, aquí están todos mis amigos. Definitivamente no es a mí.

– Jane...

Ok definitivamente sí es a mí.

Volteo disimuladamente y luego de rebuscar por unos segundos mi mirada cae en Camila, que está a unos pocos metros de nuestra mesa. Ella, al notar que mis ojos ya la encontraron, me hace una seña con su mano indicándome que vaya con ella. Lo pienso un poco. Tal vez demasiado.

Ella parece notar el hecho de que no estoy convencida de tener una plática con ella, por lo que su expresión cambia a una algo suplicante.

– Ya regreso...– digo sin saber exactamente a cuál de mis amigos dirijo esas palabras y sin quedarme a verificar que alguien las escuchó.

Me pongo en marcha. Veo como Camila se dirige al baño y la sigo. Cuando quedamos las dos dentro ella se agacha y gatea frente a los cubículos del baño confirmando que no haya nadie más; nadie más que nosotras.

– Ok, perfecto – dice un poco agitada poniéndose de pie y sacudiendo un poco su ropa.

La miro en silencio. Luego ella también me mira. En silencio. Las dos. Empiezo a cuestionarme por qué vine.

Muchos pensamientos intrusivos empiezan a atacar mi mente. "Me quiere matar?", "No Jane, no pienses eso", "Pero, ¿por cuál otro motivo me guiaría hasta aquí?", "Debes parar, Jane, está mal", "Me matará tal y como mató a Alex. Yo soy la nueva Alex, me va a asesinar", "Jane, detente, era tu amiga".

Ese último pensamiento me deja en blanco. "Era". Me pregunto porque "era" y porque no "es". Ah, cierto, mató a Alex. Ah, cierto, la declararon inocente. Ah, cierto...

Ahora es cuando me doy cuenta de que solo estoy buscando excusas para pensar y no hablar. Noto que tengo miedo. Pero no tengo miedo por estar con ella, sino por lo que me pueda decir.

Ella varias veces hace un gesto de querer hablar, pero se retracta antes de pronunciar cualquier palabra. Comienzo a sentirme culpable sin razón alguna (o tal vez muchas) y decido iniciar yo.

– Camila – digo en modo de saludo – Hace mucho que no hablamos...

– Jane – me regala una ligera sonrisa – Sí, hace mucho que no hablamos...

Otro largo e incómodo silencio se hace presente. Seguro tiene algo que decir. Si no, ¿por qué me querría tener a solas? "Para matarte". Definitivamente debo dejar de tener esos pensamientos tan crueles...

– Tenemos que hablar – dice Camila rompiendo el silencio.

– Ok, sí, claro – digo sintiendo como mis manos empiezan a sudar – ¿De qué quieres hablar?

– Del viernes.

CAPÍTULO IV

– Ok?...– termino respondiendo con algo de duda, cosa que
no era mi intención.

Camila me mira en silencio, como si estuviera esperando
algo. No entiendo bien qué es lo que sucede. En su
expresión solo percibo como puro nerviosismo. No puedo
evitar sentir curiosidad por el porqué, pero ella parece no
tener intención de hablar.

– ¿Qué pasa con el viernes? – vuelvo a hablar, ya que ella
parecía no querer continuar. Sus ojos se abren un poco más
como si acabara de despertar de un trance.

– Ah, cierto...– se aclara la garganta – No pude evitar
escucharlos hablar hace rato, ya sabes, estábamos a poca
distancia y los chicos...

Se detiene en seco. Sé exactamente por qué lo hace. Dijo
"los chicos". Pero para ella ya no son "los chicos". Solo son
otros más de los que la ignoran, y eso solo me hace
sentir...mal. Porque yo también soy del montón.

Yo también dejé de hablarle, responder sus mensajes, llamadas...hasta que estas con el tiempo dejaron de llegar.

– Bueno, pude escuchar lo que decían y... solo quería decirte que lo mejor es que no vengan – termina de decir.

– Espera. ¿Qué? – digo al salir de mis pensamientos.

– Pues eso, que no vengan.

– No quiero ofenderte, pero tú no decides eso, si queremos ir, iremos – me sorprendo de mis palabras, aunque no fueran la gran cosa.

– Me parece que tú no me estás entendiendo. Yo te he estado observando, Jane. Sé que sabes tanto como yo o tal vez hasta más, que no es buena idea que vengan.

No se equivoca, sé que no es buena idea.

– Que digas que me has estado observando no me causa mucha confianza, siendo honesta...– confieso.

Ella me mira en silencio y siento el ambiente más incómodo. Me balanceo de un lado a otro y doy dos palmadas en mis costados. Meto mis manos en mis bolsillos y vuelvo a mirarla.

– Bueno...si no hay nada más que decir, te veré luego, creo
– susurro esa última palabra asegurándome de que ella no
la oyera.

Me doy la vuelta y salgo de aquel baño. Siento como el aire
regresa a mis pulmones. No noté que había dejado de
respirar. Me alejo unos cuantos pasos hasta que doy un
pequeño brinco del susto al ver esa cara justo frente a mí.
Esa cara morena con ojos marrones y grandes mirándome
fijamente.

– Duraste mucho en el baño – dice Hunter.

– No sabes lo mucho que me aterra que te fijes en cuanto
tiempo duro en el baño – coloco una mano en mi pecho.

– Aja...– sus ojos se apartan de mí y cuando volteo para ver
qué es lo que mira me doy cuenta de que a quien ve es a
Camila – Salió poco después de que tú lo hicieras –
entrecierra ojos sospechando de mí – Algo que me quieras
contar?

– No, la verdad no – nos miramos unos segundos en
silencio – Bueno...

– ¡Lo sabía! Ella habló contigo – afirma Hunter.

– ¿Cómo sabes? – él inclinó sus hombros con sarcasmo – Bueno, sí, me habló – confieso.

– No me lo creo – suspira y pone sus ojos en blanco – Y que te dijo esa?

– Oye oye, cálmate, ¿sí? A ti no te hizo nada – le reprocho.

– No, a mí no, pero sí a su mejor amiga. No quiero imaginarme lo que me haría a mí si se le presentara la oportunidad.

– Eres un...– me limito a decir – Me dijo que no fuéramos el viernes – concluyo.

– ¿Por qué?

– Yo que sé, no me quedé a preguntar mucho más – digo antes de irme sin dejarlo responder nada más.

No soy completamente honesta, pero tampoco quiero que me tachen de rara. Sí, Hunter es mi amigo, pero también es muy cruel. Si le digo que no quiero ir, que no vayamos o que siento que es una mala idea. Solo pensará que soy una aguafiestas.

Antes de darme cuenta las clases concluyeron. Por lo tanto, me dirijo a la salida de la escuela. En el camino me encuentro a Coral, que al parecer me estaba esperando.

– Hey – me saluda – Al fin llegas. Te estaba esperando.

– ¿A mi? – me señalo a mí misma con mi dedo índice, ella me dedica una mirada obvia, claro que a mí – ¿Por qué?

– No me digas que lo olvidaste – dice ofendida, aunque creo que de broma, y justo en ese momento lo recuerdo. Nuestra noche de chicas.

– No, claro que no – miento.

– Ya, claro – suspira, sin creerme para nada la mentira – Mejor ya vámonos.

Acabamos de salir de la escuela y enseguida nos dirigimos a mi casa, que se encuentra a unos pocos minutos a pie.

Me siento mal, algo avergonzada quizás. No sé qué me sucede, no suelo ser así tan... ¿distraída? No sé si esa es la palabra con la que describiría como ha estado mi actitud últimamente. Debe ser por Camila, aunque no sé porque me afecta, ella es la mala, no yo.

Aunque la culpa me invade, no fui la mejor amiga cuando todos se pusieron en su contra y la tachaban de asesina, simplemente le di la espalda. Al igual que todos. ¿Eso en qué me convierte? ¿Una más del montón? ¿Una mala persona? ¿Cruel? Mi mayor miedo es quedarme sola por completo. No tener amigos o familia en quienes apoyarme. También era uno de los más grandes miedos de Camila. Yo lo sabía. Ella sabe que yo sabía. Y a pesar de todo eso yo igual la abandoné.

Llegamos finalmente a mi casa y yo saco las llaves de mi bolsillo para abrir la puerta. Sigo metida en mis pensamientos hasta que Coral me saca de ellos.

– Jane, ¿estás segura de que estás bien? – me mira esta vez preocupada.

– Sí, claro, ¿por qué? – le sonrío intentando tranquilizarla.

– Estás raras, más de lo normal – dice esto último como chiste, pero no me río – ¿Ves? Ni siquiera eres capaz de reírte de mis chistes...

– Estoy bien, lo prometo – mentirosa, eso es lo que soy – Solo he estado muy cansada, no he podido dormir muy bien.

– Si quieres puedo irme a mi casa y tú te quedas descansando – sugiere. Sé que lo dice con buenas intenciones, pero la conozco desde hace mucho tiempo y sé que no quiere irse.

– No, tranquila. Además, sé que estabas muy emocionada por este día... – ella sonríe y me abraza, cruzando sus brazos por mi cuello lo que al ser más baja de estatura que yo causa que me tenga que agachar un poco.

– No sabes cuánto te quiero – me dice con alegría.

Habíamos planeado pasar un día juntas y elegimos este miércoles. Llevábamos un tiempo algo distanciadas y eso nos preocupó. Entonces, ¿cómo esperaba que yo cancelara todo al último segundo? No sería capaz, menos cuando sé que está triste por haber terminado con su novio (aunque de hecho, no me gustaba mucho esa relación).

Entramos a mi casa y subimos a mi habitación. Coral se lanza a mi cama y suelta todo el aire de sus pulmones. Saca su celular y se pone a ver redes sociales. Lo que es algo irónica ya que se suponía que después de las emociones este día hablaríamos y nos pondríamos al día.

Yo me siento en mi escritorio y empiezo a sacar mis cosas de la mochila.

– Voy al baño un momento – me avisa Coral.

No dice nada más y se marcha. Entre las páginas del último libro que saco encuentro un papel doblado. Supongo que es una nota. Lo abro para ver qué es lo que dice.

"No vayas el viernes, enserio, es por tu bien"

Esto se volvió algo creepy. Claro, ya sé que es de Camila. ¿De quién más si no? Pero no comprendo cual es la insistencia de no ir el viernes. Sí, sé que es una mala idea. Pero tampoco es como para asfixiarme con la idea de no ir. Además, ¿en qué momento ella colocó una nota entre mis cosas? Ella empieza a darme mucho miedo.

– ¿Qué es eso que tienes ahí? – dice Coral a mis espaldas, sacándome de mis pensamientos.

– Ah, no es nada importante...– no me cree, su mirada me deja eso más que claro.

No quiero seguir escondiendo lo que sucedió con Camila en el baño, no me gusta esconder tantas cosas. Me considero una persona más abierta y honesta. Así que decido explicar todo a Coral. Desde el encuentro en el baño hasta la nota misteriosa. Después de todo ella es mi amiga, ¿no? No se lo contaría a nadie.

Ella me escucha con atención. Sin hacer preguntas y sin juzgarme por haber intercambiado palabras con Camila (cosa que Hunter claramente haría o más bien, hizo). Cuando acabo de contar la historia, las dos nos quedamos en silencio.

No sé si está pensando que decirme, o si no tiene nada que decirme. No hacemos contacto visual. Yo la miro a ella y ella mira sus pies. Empiezo a cuestionarme si fue buena idea o no contarle. Mis manos empiezan a sudar y mi ansiedad empieza a aumentar. ¿Acaso me equivoqué en decirle?

– Ok.

Esa es su única respuesta. Honestamente para nada lo que me esperaba. Quizás un "en serio?" o un "no me lo creo". ¿Pero un "Ok"? Nunca lo hubiera imaginado. Es muy...neutro. No sé qué significa. Ni a que quiere referirse con eso. Lo que hace que me ponga algo más nerviosa.

– ¿Ok? – repito, dudosa.

– Digo, estoy sorprendida, sí, pero no hay mucho que hacer. Igual iremos, ella no puede controlar lo que hagamos o no – dice simplemente – Nunca me cayó bien Camila la verdad. Siempre fue medio...loca y rara, ya sabes a lo que me refiero – concluye.

No digo nada más. Ella tampoco lo hace. Nuestra noche de chicas quedó arruinada por esos pocos minutos de conversación. Y es que, a ver… me desagradó oírla decir que Camila nunca le cayó bien, cuando claramente eran amigas y compartían todo. Quizás estoy exagerando. Eso debe ser, la muerte a veces me pone algo rara, así que debe ser eso.

No sé ni por qué me molesto. Camila y yo tampoco somos amigas. Lo éramos, pero ya no.

CAPÍTULO V

El viernes...

Ya es demasiado tarde para arrepentirme. Actualmente son las 11:30 pm. En exactamente 30 minutos Hunter vendrá en su auto (en donde sorprendentemente cabemos todos) a recogerme y directo iremos a la escuela. A la aventura. A la...

Mi celular suena. Lo busco por todas partes, pero no lo encuentro. Me detengo para oír más atentamente y lo encuentro debajo de mi cama. ¿Cómo y cuándo llegó ahí? Decido no pensarlo mucho, seguro que simplemente se resbaló y yo lo pateé por accidente. Es un número desconocido. Dudo si debería contestar o no, generalmente me da miedo contestar a personas que desconozco. Tengo esa función bloqueada en mi celular, por lo tanto, no debería poder recibir llamadas de desconocidos, pero por alguna razón esta sí logra llegar a mí.

Me armo de valor, después de todo estaré pasando la noche en mi escuela sin la autorización de nadie, eso ya me hace muy valiente, ¿no? Contestar a una llamadita no ha de ser la gran cosa.

Tomo un respiro y contesto.

– Hola? – pregunto.

Al otro lado de la línea no puedo escuchar nada. Hay un leve pitido, pero nadie me contesta. Es un poco espeluznante. Toso un poco, quizás no me escucharon y no notaron que ya había contestado el teléfono, pero igual siguen sin responder. Me empiezo a poner nerviosa. Tal vez es una broma telefónica, probablemente solo son un grupo de niños jugando y divirtiéndose.

– Ya sé que es una broma niños, no es divertido, hacer estas cosas no es...

– Jane.

¿Jane? Ese es mi nombre. ¿Cómo esos niños saben mi nombre? De pronto se corta la llamada. Pensándolo mejor aquella voz que pronunció mi nombre no sonaba exactamente como la de un niño. Me siento aterrada. Doy un sobresalto cuando el tono de llamada de mi celular vuelve a sonar. Veo que es Hunter quien me llama, así que contesto más tranquila, o al menos intento estarlo.

– Hunter – digo seguido de presionar el botón verde – ¿Qué me cuentas? – vuelvo a hablar, a la vez que intento calmarme.

– Estamos casi llegando, prepárate – dice en voz baja, como si alguien que no fuera parte del plan fuera a oírlo.

– Claro – digo a la vez que tomo mi mochila y salgo de la manera más silenciosa que puedo, no sin antes escanear todo mi cuarto asegurándome de no olvidar nada importante, no estoy segura de que mis padres estén en casa, pero si estoy segura de que no les dije nada de esta "pijamada". De todas maneras, yo volvería antes del amanecer, así que jamás notarían que me fui.

– Nos la vamos a pasar bien, relájate – dice con la intención de calmarme, después de todo es mi amigo, me conoce bien. Sabe que estoy muy nerviosa.

– Sí, gracias, lo sé. Será una noche...completamente inolvidable – digo yo.

– Hablo enserio, será divertido – insiste – Intenta imaginar que es un sueño y que puedes hacer lo que quieras.

– Está bien, lo intentaré – cedo y poco después cuelgo.

Sí, estoy nerviosa por la "pijamada", pero la llamada anterior a la de Hunter me puso los nervios de punta. Claro, de seguro eran algunos compañeros de clase jugándome una broma. Eso debe ser. Quiero convencerme de que esa es la respuesta, aunque en el fondo sé que probablemente no lo es.

Llego a las escaleras del porche y justo ahí veo el auto de Hunter detenerse frente a mi casa. Una de las ventanillas baja y la sonrisa de Sally se hace visible.

Con su mano me hace la señal de que me dé prisa, y como hasta donde yo sé no tenemos prisa, de seguro es que tiene algo que contarme. Así que respiro hondo y me dirijo a ellos. Me acomodo en el único asiento libre, que justamente quedaba junto a Sally. Era el asiento de la ventana y Sally se pasó al medio. Somos ocho. Joshua, Louis, Sally, Coral, Sam, Hunter, Olive y yo. Cabemos como anillo al dedo en la suburban de Hunter.

– Te tengo algo que contar – me susurra Sally desde que me acomodo en el asiento y coloco mi mochila sobre mis piernas.

– ¿Qué? – pregunto curiosa.

– ¿Qué tal si antes de que ustedes dos se metan en su burbuja nos saludas, Jane? – reclama Sam.

– ¿Hola?... – digo un poco avergonzada y con un tono algo bastante dudoso.

– Déjalas tranquilas, Sam – nos defiende Joshua – No le hagan caso, ha estado ansioso desde que lo recogimos – dice dirigiéndose a nosotras.

– Deja de ser tan simpático – se queja Sam.

– Cállate Sam, estamos intentando tener una conversación por aquí – se queja Sally – Y gracias Joshua, por ser tan caballeroso como siempre, quizás Sam podría aprender una o dos cosas de ti algún día – se burla.

Todos nos quedamos en silencio. Nunca había visto a Sally ser tan dura con Sam, ya que él suele ser el...digamos que el sensible del grupo. Verla dejarse llevar así en parte me enorgullece, significa que al fin está dispuesta a defenderse. Aunque no puedo evitar sentirme mal por Sam, sé que él tampoco estaba siendo muy amable que digamos, de hecho, se lo merecía.

– Alvin me pidió que fuera de vacaciones con su familia – me susurra Sally muy emocionada, acabando con la incomodidad que empezaba a sentir por el silencio – Claro, con mis padres también. ¿Entiendes lo que digo? Vacaciones familiares con Alvin. Es un sueño – sonríe.

– ¿Qué? – la miro sorprendida – Suena lindo – digo emocionada por mi amiga – Espero que me traigas algún obsequio. Aunque tengas novio no puedes olvidarte de tu comadre – bromeo.

– Jamás te olvidaría, amigas antes que novios, ¿no? – golpea mi hombro con el suyo – Te comprare lo primero que vea que me recuerde a ti.

– ¿Y si es una rata disecada? – digo entre risas.

– Pues una rata disecada te traeré.

Ambas reímos. No vuelvo a hablar en el camino, pero mis amigos sí. Luego de que Sally y yo viéramos de forma tan notable, la incomodidad que se sentía se desvaneció. De vez en cuando puedo notar la mirada de Hunter a través del espejo retrovisor, quizás siente curiosidad por lo que me dijo Sally, ya que nuestra conversación fue más privada que pública, o quizás está preocupado por lo nerviosa que me encontraba en nuestra llamada anterior. Mía no está aquí. Se nos unirá más tarde, según dice Coral. No vivo muy lejos de la escuela, así que no duramos más de 5 minutos en llegar.

Hunter estaciona su auto a una calle de la escuela para disimular, aunque el grupo que vino antes de nosotros no se molestó en hacerlo, pues encontramos su auto estacionado justo frente a la entrada de la escuela.

– Me parece que estos tipos no le temen a nada – dice Hunter.

– Quizás es que tú vives demasiado aterrado – critica Olive.

– No es aterrado. Soy una viva ejemplificación del dicho "hombre prevenido vale por dos" – dice Hunter orgulloso – Aunque...si de ti nos referimos...no me sorprendería que no conozcas el dicho, más bien me sorprendería que lo entendieras – se burla y los demás se ríen.

– Tu cállate y deja de querer sobresalir, ser el más inteligente no te hace más listo – intenta defenderse Olive.

– ¿Acaso no escuchas lo que dices? Porque cada palabra que sale de tu boca tiene cada vez menos sentido – responde Hunter ya irritado por la actitud de Olive.

– Lamento interrumpir su divertida y fructuosa conversación, pero recuerden que vinimos por otra razón – Sam ríe al notar la rima que surgió de sus palabras– ¿Listos para la diversión? – dice con emoción.

– Claro, o moriremos en el intento – bromea Louis.

Los demás ríen, pero yo no lo hago. De hecho, tampoco me reí cuando Hunter y Olive tuvieron su discusión. Algo no anda bien. Mis manos sudan y mis piernas tiemblan un poco. Siento mi piel de gallina. El aire es más pesado. Repito, algo no anda bien. Tal vez estoy siendo histérica por la llamada que había recibido momentos atrás, pero da igual, porque desde un inicio ya tenía un muy mal presentimiento con esta noche. O quizás el problema soy yo, que estoy demasiado paranoica.

Entramos a la escuela por la puerta principal, la cual supongo que el grupo anterior nos dejó abierta, porque así la encontramos. Cosa que me parece muy tonta, ya que otras personas que no fuéramos nosotros pudieron haber entrado., otros adolescentes que desconocemos, un grupo de indigentes o incluso ladrones.

Nos ponemos a caminar, las luces están encendidas, pero por alguna razón no brillan tanto como lo hacen normalmente. Mejor así, las luces fuertes me causan dolor de cabeza, pero sigo sin poder evitar pensar que algo muy extraño está sucediendo.

– ¿Dónde carajos están? – pregunta Sam frustrado.

– ¿Quiénes? – indaga Olive.

– Pues los otros, los que llegaron antes, obviamente – responde Louis, irritado por la pregunta tonta de la anterior.

– Deberían estar aquí – ignora completamente a los otros dos – Ni siquiera hay señales de ellos – señala Sam, quien se ve molesto, tal vez algo humillado...

SAM

Imbécil.

Eso es lo que soy. ¿Cómo pude atreverme a confiar en Marco? Es mi amigo. Sí. Justo por eso lo conozco y muy bien. Es un gran bromista. No se toma nada enserio. Una vez me bajó los pantalones en medio de la clase de matemáticas, y nuestro maestro es el peor, casi nos ganamos una expulsión los dos, aunque las burlas fueron solo para mí.

De seguro me engañó para humillarme con mis amigos y con la chica que intento impresionar. Lo voy a matar en cuanto lo vea. Siento como me hierve la sangre. Aprieto los puños e intento calmarme, pero no lo consigo. Me siento muy avergonzado. Humillado. Por una vez quiero que mis amigos piensen que soy genial, que no soy un perdedor, un raro. Pero siempre tiene que salir mal. Siempre tengo que quedar mal. Siempre soy yo quien tiene que quedar como un estúpido y un perdedor.

Iba a aprovechar esta oportunidad de que habíamos vuelto de las clases virtuales para poder limpiar mi imagen, pero me ha ido de mal en peor. Sigo siendo un maldito chiste para todos, y tal vez eso nunca vaya a cambiar.

– En realidad, ellos todavía no llegan, yo solo estaba bromeando – digo intentando sonar lo más convincente posible.

– Pero el auto que está afuera...– duda Jane.

– No es de ellos, ellos no son tan tontos como para dejarlo tan a la vista, bonita – digo obvio y le guiño un ojo.

Todos parecen pensarlo y finalmente aceptarlo. Tiene sentido. Sé que esto debe ser una mala broma por parte de Marco, pero ellos no tienen por qué saberlo. No voy a dejar que esto me haga quedar mal. Nadie nota el apodo que utilicé con Jane ni el guiño que le dediqué, mejor así, me preocupaba que fuera demasiado obvio. Lo último que quiero es que todos noten mis verdaderos sentimientos hacia ella, porque de hacerlo me molestarían por toda la eternidad.

– Como sea, si no vienen es mejor – aclaro.

– ¿Mejor? – dice Louis incrédulo – ¿Cómo va a ser mejor?

– Piénsenlo. Tenemos toda la escuela solo para nosotros.

Puede no ser tan divertido, pero lo importante aquí es convencerlos a ellos de que sí lo será. Distraerlos del hecho de que esta será una experiencia probablemente muy aburrida, aunque se suponía que fuera completamente lo contrario.

Seguimos avanzando hasta llegar al área de la cafetería. Movimos algunas mesas y dejamos todas nuestras cosas sobre una de estas. Acomodamos el lugar para tener nuestra propia zona. Se siente extraño estar aquí de noche, algo así como una vibra rara, pero no le presto mucha importancia, supongo que es porque esta es la primera vez que entro a la escuela a estas horas.

– ¿Y ahora qué? – pregunta Coral.

– Pues lo que queramos, supongo...– dice Joshua pensativo.

– ¡Yo digo que vayamos al salón de profesores e intentemos entrar a ver qué cosas turbias esconden ahí, quizás descubramos que uno de ellos es...pedófilo! – propone Louis emocionado.

Todos concuerdan con la idea. Algunos ofrecen la idea de sabotear exámenes, otros de dejar bromas hechas para cuando los mayores regresaran. Todas las propuestas son bastante tentadoras.

A la vez que seguimos hablando entre risas nos encaminamos al salón de maestros, que no se encuentra muy lejos.

Al llegar Sally intenta abrir la puerta con un pequeño y fino gancho para el pelo, ya que esta, tal y como esperábamos, estaba cerrada con llave, pero justo antes de lograrlo, se escucha un ruido extraño y las luces se apagan de golpe.

CAPÍTULO VI

JANE

– ¿Qué diablos fue eso?...– pregunta Olive algo asustada.

Se escucha un ruido extraño al fondo del pasillo y para rematar lo único que nos alumbra es la luz de la luna que se cuela por la ventana en medio del pasillo. Aunque tampoco es que ayude mucho. Trato de ver lo que está en mi entorno, pero apenas si puedo divisar las siluetas de ciertas cosas y aun así las veo algo deformes.

– Calma, debe ser un fallo de la energía – dice Joshua.

– También es probable que nos estén haciendo una broma – dice Sam burlón – Ya saben, así nos comportamos nosotros, los salvajes – aclara orgulloso.

– ¡Ja! Lo dices como si fueras uno de ellos – se burla Louis y Sam lo mira de mala manera – Tal vez...es un monstruo que viene a comernos a todos – bromea fingiendo estar aterrado.

– Ya cállate, Louis – se queja Hunter – Mejor vamos a la cafetería. Tengo una linterna en mi mochila.

– No me digas que...tienes miedo – señala Coral entre risas.
– Mira, tú no hables que...

La defensa de Hunter queda en el aire cuando el ruido vuelve. Todos nos quedamos en silencio. Algunos ni siquiera habíamos empezado a hablar. Mis manos me sudan, otra vez, últimamente están sudando mucho, ni siquiera recuerdo si en algún momento dejaron de hacerlo.

– Vámonos ya a la cafetería – vuelve a sugerir Hunter, pero esta vez mucho más serio.

No necesito ver a los demás para saber que todos asintieron con la cabeza. Comenzamos a caminar a un paso un poco más rápido que el regular. Quizás no sea nada. Quizás el ruido provino del viento. Quizás las luces simplemente dejaron de funcionar. Pero son muchos "Quizás". Demasiados.

El ruido se vuelve a escuchar, pero esta vez más fuerte. es como un rugido. Ya está claro que no es el viento. Aceleramos el paso hasta el punto de que empezamos a trotar y luego a correr. El sonido se repite y se siente cada vez más cerca.

Antes de poder darme cuenta me quedé totalmente sola. Al parecer por la falta de luz nuestros caminos se separaron sin darnos cuenta. Repito una y otra vez "¿Hay alguien ahí?" Pero no recibo ninguna respuesta. Estoy sola. Toqueteo mi bolsillo luego de desacelerar el paso para asegurarme de que mi inhalador para el asma siga ahí y evidentemente, sí está.

Cuando escucho el ruido nuevamente vuelvo a correr. Me sorprende lo mucho que cambia todo cuando estás a oscuras.

Apenas y si reconozco que esta es mi escuela. Es probable que todo esto se trate de una broma. Pero, como siempre digo, es mejor prevenir que lamentar.

Choco con algo o más bien con alguien. Caigo al suelo y seguido oigo a la otra persona caer también. A causa de la oscuridad no puedo reconocer quien es, pero algo me dice que no es exactamente alguien de mi grupo.

– ¿Quién es? – pregunto enseguida al no distinguir su silueta.

– ¿Jane? ¿Acaso eres tú? – no respondo, pero por alguna razón eso da a entender que de hecho si soy yo – Te dije que no vinieras – se responde a sí misma.

– ¿Camila? – expreso confusión – ¿Qué haces tú aquí? – Estaba encargándome de un asunto – responde.

No nos da tiempo a decir mucho más, ni me da tiempo a preguntar qué clase de asunto estaría resolviendo aquí y a estas horas, ya que aquel extraño ruido volvió a sonar. Volteo hacia donde creo que está Camila y presiento que ella hace lo mismo. Nos ponemos de pie. Algo anda mal, ya perdí la cuenta de todas las veces que lo he dicho (más bien, que lo he pensado). Empiezo a caminar y escucho los pasos de Camila seguirme.

– Y tus amigos? – vuelve a hablar.

Me vuelvo a sentir mal. "Tus amigos". Antes también eran suyos. Quizás solo soy sensible. Quizás la situación en la que nos encontramos me pone más sentimental. Lo debo estar sobrepensando. Pero los recuerdos de cuando éramos todos amigos invaden mi memoria y lo único que puedo sentir es una gran nostalgia.

– Quedamos en vernos en la cafetería – respondo, cosa que no sé si sea buena idea – ¿Que es ese sonido? – cambio el tema.

– No es nada importante – responde sin más – Yo puedo llevarte con ellos, sé cómo llegar sin necesidad de ver con claridad por donde voy. Pero tengo una condición – añade.

– ¿Y cuál sería esa?– digo con algunas sospechas.

– Tan pronto te reúnas con tu grupo, deben irse de aquí – dice con firmeza.

– Estas bromeando – respondo, pero ella niega con la cabeza, o al menos eso es lo que yo interpreto – Sabes, no sé por qué insistes tanto con eso de que debemos irnos...

– No hay tiempo para explicarlo.

Finalmente, acepto sin más quejas. Sigo pensando que es mala idea. No entiendo el porqué. Tal vez sí. Mis amigos no estarán muy felices de ver a Camila y menos si esta aparece junto conmigo. Lloverán las preguntas y yo la verdad no tengo muchas respuestas, más bien no tengo ninguna ya que Camila no se ha molestado en explicarme qué demonios hace aquí. Además de que estarán muy molestos si de la nada les digo que debemos irnos, aunque con ese ruido extraño que nos asustó hace un rato creo que será mucho más fácil convencerlos.

El camino es silencioso, ninguna de las dos parece estar muy interesada en iniciar una conversación. Muchas preguntas invaden mi mente, pero no me atrevo a preguntar otra vez la razón por la que ella se encuentra aquí. No quiero incomodar más la situación, y me da miedo imaginar las respuestas que pudiera recibir. En cuestión de minutos llegamos a nuestro destino, o más bien, a mi destino. Nos detenemos y procedo a hablar.

– Bueno, gracias por la ayuda – digo con la intención de irme lo más rápido posible.

– No hay problema – responde con simpleza.

Iba a agregar algo más antes de marcharme y casi me atrevo a preguntarle una vez más que era lo que tenía que "resolver" en la escuela a estas horas, pero un grito repentino acaparó toda nuestra atención.

CAPÍTULO VII

Olvido a Camila en un segundo y entro corriendo en la cafetería, de donde parece provenir el grito anterior. Veo a Hunter sosteniendo su linterna, encendida, y a Olive muy asustada mirándolo.

– ¿Qué carajos te pasa? – pregunta Hunter molesto a Olive.

– Hey, ¿qué sucede? – intervengo.

– Hunter está herido – declara Olive.

Miro a Hunter y me acerco con prisa. Él no parece estar muy interesado en su estado. Tiene una cortada en la mejilla, pero no es grave, es pequeña y no tiene profundidad. Es solo una herida superficial, por suerte.

– No es la gran cosa, Olvie solo exagera como siempre – dice indiferente – Encontré esto – saca una goma para el cabello color blanco con detalles plateados – Es de Morgan, la mejor amiga de mi hermana, la reconozco porque ella siempre está en mi casa y cada vez que va tiene esta gomita en su mano, quiere decir que ya están aquí.

– Cierto, tu hermana está en el grupo de los salvajes. ¿Por qué no vinieron juntos ustedes dos? – la voz de Joshua se escucha a nuestras espaldas. Los tres volteamos y vemos que Louis y Sam vienen con él.

– Estas bromeando, ¿no? Además, ella dijo a nuestros padres que iría a una pijamada en casa de su amiga, así que no estábamos juntos. Sin mencionar que yo soy debía ocuparme del transporte de nuestro grupo – responde Hunter.

– ¡Llegamos! – exclama Coral, que vino con Sally, interrumpiendo el debate que habían armado los otros

– Al fin. Oigan, ¿alguien sabe que mierda fue eso? Me dio un buen susto.

– Tuvo que ser un fallo en la electricidad o algo por el estilo – responde Sam – Aunque no voy a negar que fue muy raro y... – sus ojos ya no están posados en ninguno de nosotros, volteo a ver lo mismo que él y me quedo sin aliento. Claro. Se me había olvidado. Camila.

Ella se encuentra parada en una esquina de la cafetería y nota que todos ya notaron su presencia, de pronto empieza a caminar en nuestra dirección para unirse a la conversación.

– Alto ahí – dice Louis – ¿Qué haces tú aquí?

– ¿Yo? Nada que te incumba – responde Camila a la defensiva.

– Más respeto a mi compañero – interviene Hunter.

– ¿Esto lo planeaste tú, Jane? – interrumpe Coral. La miro confundida e igual que yo, mis compañeros lo hacen – Es que tendría sentido. El baño, la nota, te la pasas hablando con o sobre ella. Eres la única que siente lástima. Es demasiado obvio. Quieres reunirnos con ella.

– ¿Qué? – No sé qué decir. Claramente esto no lo planeé yo. Al principio creo que Coral está haciendo una broma o algo por el estilo, pero la seriedad de su rostro no se desvanece, cosa que me deja más que claro que está hablando enserio. Estoy confundida. ¿Por qué de la nada Coral está tan alterada? Pienso que puede estar asustada, aunque no sería una actitud muy común en ella, pero no debería hacer suposiciones tan drásticas y menos sobre mí – Claro que no fui yo. Como apagaría las luces y haría aquellos sonidos extraños a la vez que estoy con ustedes.

- Esperen un momento. Jane tiene razón, es imposible que ella hiciera esas cosas, pero hay algo que están omitiendo. ¿Qué cosa del baño? ¿Qué nota? ¿De qué nos perdimos? – interviene Joshua.

Veo como Coral empieza a contar todo lo que yo le conté a ella y no puedo evitar sentirme mal y traicionada, aunque por otro lado comprendo por qué lo hace. Todos los presentes también son sus amigos, no solo yo. Después miro a Camila, que parece estar decepcionada de mi por haber revelado nuestras interacciones, no puedo culparla. Por último, miro a mis amigos, están confundidos y sorprendidos.

La explicación concluye y nadie dice nada, pero todos miran a Camila. Ella se ve nerviosa, quizás hasta asustada. Quisiera poder saber qué están pensando los demás. Si están molestos o no. Si están decepcionados o no. Si los defraudé o no.

- Bueno, ya, no es la gran cosa – dice Sally rompiendo el silencio.

Todos la miramos sorprendidos. En especial yo. Sally siempre ha sido muy dulce conmigo, amable. Así que no estoy tan sorprendida, más bien estoy aliviada, porque sé que no estoy sola. Sé que por lo menos tengo a una amiga de mi lado.

– Cierto, Camila es la que estaba acosando a Jane, no al revés – concuerda Louis.

– ¿Qué? – preguntamos Camila y yo a la vez.

– Vámonos, tenemos que buscar a la hermana de Hunter e irnos de aquí – Sam comienza a alejarse de nosotros.

– ¡Espera! ¡No nos separemos! – grita Joshua.

Antes de darme cuenta estábamos caminando todos juntos, pero con Camila a 2 metros detrás de nosotros. Estamos todos callados. Nadie sabe qué decir. Nadie quiere hablar. Miro a mis espaldas de reojo y veo a Camila caminando cabizbaja. Si me da lástima, pero no quiero que mis compañeros lo noten, si no, le estaría dando la razón a Coral y ese no es el punto. Aunque me pregunto a qué vino esa actitud que tuvo momentos atrás. ¿Estará molesta conmigo? Quizás sea por el día de chicas que quedó arruinado. Quizás piensa que es mi culpa. Quizás...

- Estamos caminando en círculos - escucho a Camila anunciar.

- Oye, nadie te obliga a estar con nosotros, si quieres vete, nos harías un favor - se queja Hunter, irritado.

- Eh, Hunt - Hunter voltea a mirarme y yo señalo la entrada de la cafetería - De hecho, si estamos caminando en círculos...

- Oh...bueno, igual tenía hambre - responde. Entramos, otra vez, a la cafetería. Hunter saca un paquete de galletas de su mochila y comienza a comerlas una por una.

- Oig...

Las luces empiezan a parpadear. Miro hacia arriba como reacción. Miro a mis amigos y todos se ven algo confundidos y asustados. Miro a Camila. Se ve muy preocupada. De pronto las luces se apagan y escucho un grito bastante agudo.

- Coral! - grita Olive a todo pulmón.

Aprovecho tener a Hunter al lado y le arrebato la linterna, esas luces parpadeantes me empezaban a marear y así no podía ver para nada bien. Enfoco en todas partes buscando a Coral hasta que la encuentro, aunque no como me hubiera exactamente gustado.

CAPÍTULO VIII

– No puede ser...– Sally cubre su boca con sus manos, asqueada y asustada.

Coral cuelga de un extraño tentáculo morado, o eso parece. Mis piernas están temblando como gelatina. ¿Qué diablos es eso? Quiero mirar a los demás. Saber qué piensan. Pero no puedo. Siento que no me puedo mover.

De pronto el tentáculo suelto a Coral y antes de que me diera cuenta, este cae justo ante mis pies. La miro. Siento las náuseas atacarme. Comienzo a transpirar.

– ¿Qué carajos...? – no tengo tiempo para hablar porque el tentáculo, del cual no veo procedencia, está moviéndose velozmente y se dirige hacia Sam.

Sin pensarlo pero también sin dudarlo me lanzo sobre mi amigo logrando que el tentáculo choque contra el piso. Al parecer mi cuerpo finalmente decide responder a las órdenes que le da mi cerebro. Nos miramos entre los dos. Miramos a nuestros amigos. Esto obviamente no es normal.

- Su cabeza...- Olive está llorando.

- No la tiene - concluye Louis.

Escuchamos un ruido extraño y eso basta para avisarnos que tenemos que movernos y pronto.

- Muévanse, rápido - Hunter camina hacia la salida de la cafetería.

- Espera - lo detiene Joshua agarrándole el brazo - ¿Y si él quiere que salgamos por ahí? ¿ Y si nos está esperando del otro lado? ¿Y si es una trampa?

- ¿Y que nos asegura que está del otro lado y no aquí dentro? - pregunto yo.

Todos me miran. Veo en sus ojos el miedo. El terror. Olive sigue llorando y Sam la está consolando. Veo a Camila. Se ha mantenido callada. Louis tiene la respiración agitada y eso me recuerda algo. A mí. Hasta ahora no he sentido mi asma presente. ¿Por qué? Toqueteo mi bolsillo y confirmo que mi inhalador sigue ahí.

- Salgamos por la cocina - sugiere Sally. La miramos. - ¿Qué? ¿Como? - pregunta Joshua.

– Bueno...Alvin y yo descubrimos una salida en la cocina. Lleva directo a el campus – responde Sally – Un momento... !Alvin! – exclama preocupada.

– ¿Qué pasa con él? – interroga Olive entre lágrimas.

– Él iba a unirse como sorpresa junto a Mia – corre a su mochila en busca de su celular – No podemos dejar que ven...gan...– deja caer sus hombros.

– ¿Qué tienes? – se acerca Hunter.

– No hay señal – digo. Me miran curiosos por saber cómo sé la respuesta – Lo sé porque en las películas pasa lo mismo.

– Como sea. Muéstranos la puerta esa de la que hablas, Sally. Vayamos un paso a la vez – culmina Joshua.

Nos dirigimos enseguida a la cocina. Camila sigue sin decir ni una sola palabra. Al llegar esperamos a que Sally nos dé instrucciones de a dónde debemos dirigirnos, pues ella parece saber dónde se encuentra la supuesta salida y, por ende, nuestra salvación. Pero ella está prestando su atención a otra cosa. Un plato de servir con una tapa de acero. Es curioso, en esta escuela no sirven nada tan especial ni elegante como para requerir una tapa tan refinada. Veo como Camila se acerca al plato y coloca su mano sobre la tapa dispuesta a retirarla.

– Alto ahí – la detiene Louis con sus palabras – ¿Qué crees que haces?

– Abrir esto, supongo – responde con obviedad.

– Deja eso – ordena Sam.

– Nadie los obliga a quedarse a ver que hay, pueden seguir su camino, de hecho, me estarían haciendo un favor – dice esto último mirando a Hunter, quien le había dedicado la última frase momentos antes.

– Camila no tienes que...– me callo cuando Camila retira la tapa de golpe y lo que esta cubría en su interior resulta ser aún más que repugnante de lo que alguno de nosotros pudo llegar a imaginar – No...

– Al menos ya sabemos dónde estaba su cabeza – dice Louis rompiendo el silencio. La cabeza de Coral, con varios gusanos penetrando su piel, se encontraba en aquel plato. Sin ninguno de sus dos ojos.

– ¡¿Esto te parece un chiste?! – Sam se acerca a Louis y lo sostiene del cuello de su camisa – Esto es serio, Louis. No es un juego...Es mi culpa – suelta lentamente a su amigo – Si no les hubiera propuesto venir...Coral seguiría aquí...con vida.

– Lo hecho, hecho está – interviene Joshua con lágrimas en sus ojos – Tenemos que salir de aquí si no queremos acabar como Coral, no hay de otra.

– Ahí está la puerta – anuncia Sally con su voz temblorosa – Vámonos, ya.

Ella, sin esperar ninguna respuesta, se acerca a la puerta con rapidez y sin pensarlo dos veces la abre.

– ¿Qué?...

Una pared. Tras la puerta hay una pared. No hay salida. ¿No hay salida? Me cuesta creerlo. Todos nos encontramos perplejos y en silencio. ¿Por qué no hay salida? ¿Qué haremos ahora? No. No estamos acabados. No puedo ser tan negativa. Debo atraer buenas vibras. Pero... ¿y si eso no sirve de nada? No quiero morir. Desde un inicio supe que esto sería una mala idea. Siempre lo supe, yo...

– Jane! – Hunter me sacude con fuerza, pero no tanta como para lastimarme y yo finalmente reacciono.– Jane, qué es lo que te sucede?

– ¿Cómo dices? – digo confusa.

– Estás pálida, sudorosa y... bueno... No entiendo bien a que se refiere hasta qué sigo su mirada hasta mis manos, me estaba rascando la muñeca con tanta fuerza que logré rasparla. No entiendo. ¿Estaba en un trance? – ¿Estás bien? Y por favor sé honesta esta vez y no respondas con más mentiras, que te conozco muy bien.

– Ya, claro que estoy bien... – miento con descaro – De hecho, no. Tengo miedo. Mucho. Una de mis amigas está muerta. No quiero morir, no quiero que nadie más lo haga. Estoy aterrada – acabo revelando mis verdaderos sentimientos.

Así sin darme cuenta ya estaba llorando. Y no era la única. Olive también lloraba. De un momento a otro noto que todos teníamos los ojos llenos de lágrimas. Eso solo me hace recordar una cosa. Todavía somos niños, no es como en las películas, realmente somos niños.

– ¿Qué hacemos ahora? – dice Olive con voz aguda. – Supongo que buscar otra salida – responde Joshua.

– Ustedes adelántense, yo los alcanzo más tarde – dice Hunter alejándose de mí y acercándose a la salida de la cocina.

– Bromeas, ¿no? No es hora de bromear – digo con seriedad.

– Mi hermana iba a venir, probablemente no esté aquí, pero es mejor prevenir que lamentar.

Mi propia frase. Es lo que siempre digo. "Mejor prevenir que lamentar". Puedo entender su desesperación. Su hermana podría estar en peligro. Luego de ver lo que pasó con Coral, es normal que tenga miedo de lo que le pueda pasar a su hermana. Pero no puedo evitar odiarlo un poco. Más que odiarlo a él, odio que quiera hacer algo tan arriesgado cuando se supone que él es listo, astuto e inteligente. No quiero que muera. No quiero que vaya. No quiero que me abandone.

– Iré contigo – digo sin pensar.

– No, no lo harás – responde Hunter.

- Yo también voy – anuncia Joshua.

- Nosotras también – dicen Sally y Olive al unísono.

- Acaso no me están oyendo? – se queja Hunter.

- Iremos todos, ¿no, Louis? – dice Sam.

- Una aventura más no hará la diferencia. Vamos todos – responde.

- ¡¿Acaso se están escuchando?! Ustedes no tienen por qué ir, yo sí. Es mi hermana, yo sí tengo una razón válida. ¡Ustedes no pueden estar arriesgando sus vidas solo por una aventura, esto no es un juego, es la vida real! – Hunter está molesto, pero también parece asustado.

- ¿Cómo dices? ¿Solo una aventura? ¡Eres nuestro amigo! – grito al final.

El ambiente se torna silencioso. Mis amigos no están acostumbrados a verme gritar con tanta seriedad, o eso es lo que parece a juzgar por sus reacciones. Hunter me mira sorprendido. Los demás me dan la razón.

- No quiero que mueran por mi culpa...– admite Hunter – Yo...no podría soportarlo.

– No vamos a morir por tu culpa – dice Olive – Es nuestra decisión acompañarte, no nos están obligando.

– Al fin Olive dice algo con sentido, aleluya – juzga Louis.

CAPÍTULO IX

Estamos caminando sin un rumbo específico. Pero si con una meta. Encontrar a la hermana de Hunter, Anna.

– Deberían concentrarse en irse – me susurra alguien causándome un sobresalto.

– Ah, Camila, eres tú...me asustaste – no había sentido su presencia desde hacía un buen rato, tanto así que había olvidado que seguía aquí – Por si no sabes, estamos buscando a Anna, la hermana de Hunter.

– Lo sé, y? – responde indiferente.

No dice nada más y se aleja. Algo no está bien en ella. La Camila de antes no era así. Empiezo a hacerme ideas locas. ¿Y si ella no es Camila? No. Es imposible. Debe estar asustada. Yo igual lo estoy. Todos lo estamos. Además, si no es Camila pues ¿quién más va a ser? ¿Su hermana gemela perdida? Coral está muerta, eso nos pone nerviosos a todos.

No puedo dejar de pensar en eso. En su cuerpo decapitado. En su cabeza en descomposición, esta parte me causa un estruendo en el estómago. En como las noches de chicas que tenía con ella ya no volverán a suceder. Claro que me molesto mucho cuando me delato con todos, pero solo por eso no voy a querer que muera, aunque ya es algo tarde, ya lo hizo, ya murió. Pero aun así no puedo evitar recordar todas las veces que nos reímos como si fuéramos dos dementes.

Ese "¿y?" que al final me dedicó Camila no deja de dar vueltas en mi cabeza. ¿Así de indiferente se volvió Camila luego del incidente que tuvo con Alex hace un tiempo? Aunque cuando me encontré con ella en el baño hace unos días, ella estaba actuando normal, o bueno, lo más normal que se puede actuar luego de que todos te tachen de asesina, psicópata y te quedes completamente sola sin tu mejor amiga de toda la vida. Pensándolo así, debe de estar pasándola realmente muy mal.

Aunque en ese momento no estaba luchando por sobrevivir, probablemente solo estaba priorizando su vida, cosa que es normal en estas situaciones, supongo.

– Alto – nos detiene Louis – Ahí – señala algo en el suelo. No puedo diferenciar bien lo que es debido a la falta de luz. Hunter se acerca y recoge aquel objeto del suelo.

– Es de Anna, es su lazo – el característico lazo de Anna Berkley, la popular y bonita hermana de Hunter, siempre con su cabello atado con un lazo – Es de ella, es de ella y tiene manchas rojas...– su mirada desborda temor.

– El lazo es de ella, pero esperemos que la sangre no – algo en su tono parece burlón, por lo tanto, Hunter lo mira y señala con su dedo índice.

– Déjate de juegos si no quieres problemas, Louis – advierte.

– Yo no creo que la encontremos – interviene Camila, acaparando la atención de todos – Ya hemos buscado mucho y nada. Aparece su lazo con sangre. No hay señales de ella o sus amigos. Está muerta, es más que obvio – grave error. El puño de Hunter golpea su cara causando que Camila caiga al suelo con un hilo de sangre saliendo de su nariz.

– Cállate si no quieres que la muerta aquí seas tú – Hunter acaricia su puño tras dar el golpe.

Todos quedamos perplejos. Nunca había visto a Hunter actuar de esa manera. Nunca lo había visto golpear a alguien, más bien nunca lo había visto golpear algo. Miro a

Camila. Está en el suelo tocándose la nariz y con los ojos llorosos. Eso debió doler. Pero honestamente se lo merecía y mucho.

HUNTER

No acostumbro a agredir físicamente a los demás, eso lo tengo claro. A veces lo algo verbalmente, aunque normalmente me cuesta admitirlo. Pero Camila me hizo perder totalmente el control. Ella y su gran descaro. Es de mi hermana de quien estamos hablando. Estar en esta situación me hace reflexionar.

Mi hermana, Anna, y yo nunca hemos sido muy unidos que digamos, pero siempre he querido que lo fuéramos. La idea de que ya sea demasiado tarde para que lo seamos me hace darme cuenta de lo tonto que soy. Del mal hermano que fui. De que quizás si hubiera sido más cariñoso o menos avergonzado o más cool, si hubiéramos llegado a tener la relación de hermanos que en el fondo de mi corazón siempre quise… Algo interrumpe mis pensamientos. Acabo de golpear a Camila. ¿Es eso lo que mi hermana hubiera querido? No, para nada.

Probablemente fue un error. Estoy seguro de que lo fue. Me dejé llevar por la ira, o más bien por el miedo. El miedo a que lo que decía fuera cierto.

Me acerco a Camila, que sigue en el suelo. Nadie se ha acercado a ayudarla. Le extiendo mi mano y ella, como respuesta, me mira con mucha sorpresa en su mirada. ¿Tan difícil es creer que soy un ser amable y con corazón?

– Lo siento – me disculpo con sinceridad – Me dejé llevar, en serio lo siento.

Ella toma mi mano y se levanta del suelo con torpeza. Me regala una mirada fría y con notable remordimiento. Me lo merezco, supongo. Luego de haberle dejado la nariz así lo más lógico es que me odie, si es que ya no lo hacía.

– Suficiente. Tenemos mucho que bus...car – las palabras de Joshua cesan al escuchar un ruido parecido al de hace unos momentos – No... No otra vez.

Todos compartimos miradas. Estamos asustados. ¿Acaso alguien más saldrá lastimado? La imagen de Coral pasa por mi cabeza. No. No otra vez. No por mí. Es justo lo que temía, que mis amigos acabarán heridos por ayudarme a buscar a Anna, es lo último que quería que sucediera y ahora mismo está pasando.

– Hay que movernos – anuncio – Mientras más rápido encontremos a Anna, más rápido podremos irnos.

Todos me miran con aprobación y seguimos la marcha. Ya sé que no se irán, aunque les pagara, así de buenos son mis amigos. Qué suerte tengo. Así que decido simplemente idear un buen plan, aunque eso que dije no fuera exactamente uno...es lo mejor en lo que pude pensar bajo una situación como esta.

No puedo evitar pensar en que quizás... no quiero que encontremos a Anna. Me da miedo que no me guste lo que podamos encontrar. El comentario que hizo Camila se repite en mi mente una y otra y otra vez. "Está muerta". Pienso en las probabilidades de que tenga razón, las cuales son muy altas. Pienso en lo que yo podría hacer en caso de que así sea.

– Oigan...y eso de ahí? – escucho decir a Louis. Cuando volteo a mirar lo que él está observando y deseo con mayor fuerza que antes que se trate de una pesadilla. Una puerta junto a las escaleras. ¿Lo extraño? El líquido que sobresale por debajo de esta.

– No veas eso Hunter – Olive se me acerca con velocidad y trata de tapar mis ojos con una de sus manos para evitar que yo mire lo que señala Louis.

– No – la aparto, tal vez con demasiada fuerza – No – repito.

Me dirijo hacia aquella puerta sin prestar atención a mis compañeros, quienes me gritan que me detenga. No es posible expresar la ansiedad que siento en el momento. Finalmente llego y me detengo frente a la puerta. La oscuridad no me permite diferenciar bien lo que es ese líquido que me roza los pies. No quiero. Por favor, no quiero.

Deseo que no sea sangre. Deseo que solo sea pintura y que al otro lado de esta puerta sólo haya un closet con cosas de las clases de arte o de limpieza o cualquier otra cosa, pero no sangre. Deseo que esto sea una mala broma de parte de los amigos de mi hermana. Pero en el fondo sé que no es así. Sé que es real. Porque me conozco, y sé con seguridad que ni siquiera mi mente podría idear una pesadilla tan macabra como esta.

CAPÍTULO X

Mis amigos ya me alcanzaron. Están justo detrás de mí.
Esperando con impaciencia ver qué hay del otro lado de la
misteriosa puerta. Coloco mi mano derecha sobre la
manilla y la aprieto. No quiero abrirla. Me aterra hacerlo.
No siento la capacidad de poder soportar lo que podría
haber del otro lado. Mi respiración es irregular y estoy
sudando a mares. Siento una mano posarse en mi hombro.
No necesito saber quién fue. Saber que es uno de mis
amigos me basta.

Me armo de valor y decido abrir la puerta. Del otro lado
está muy oscuro. No hay ventanas allí dentro y el foco no
parece tener la intención de encender. Pero si hay un hedor
extraño. No necesito ver para saber. Siento como mi
corazón se detiene, o tal vez se acelera. No puedo
moverme. No sé qué hacer. No sé qué decir. No sé qué
pensar ni qué sentir. Me imagino los rostros de mis
amigos. Sé que están petrificados, tal vez tanto como yo.

– Hunter...– escucho a Jane detrás de mí.

– Les dije – dice Camila.

De pronto el bombillo que se encuentra dentro de aquella pequeña habitación se enciende. Al inicio todos cerramos los ojos por la luz repentina. Pero, luego de unos segundos, puedo ver con claridad y confirmar lo que más temía.

– Anna...– oigo a Sam susurrar.

Mi hermana y sus amigos. Ensangrentados y muertos. Sus cuerpos casi que apilados uno sobre otro. Y claro, el de Anna estaba justo arriba.

– Oh Dios...– dice Sally con la voz temblorosa.

No. Dios no. Porque si hubiera un Dios él no permitiría esto. No lo haría. No. ¿Pero, qué estoy pensando? Esto no es culpa de Dios. Esto es culpa de Camila. Ella dijo que Anna estaba muerta. ¿Cómo lo sabría? Ella la mató. No. Pero estuvo con nosotros todo este tiempo. No. Ella apareció aquí de la nada. Fue ella. ¿Pero por qué? Ella no interactuaba mucho con Anna. Mi hermana es amable con todos. Era. En pasado. Porque ahora está...está muerta.

– ¿Qué hiciste? – miro a Camila – dímelo.

– ¿De qué hablas? – responde.

Me acerco a ella con rapidez y la señalo con mi dedo índice. Camila sabe algo y no quiere compartirlo. Tengo ese presentimiento. No. Estoy seguro. Debe tener conocimiento de lo que está pasando. No puedo explicar porque pienso esto, pero sé que tengo razón.

– Te hice una pregunta. ¿Qué carajos hiciste? – repito. – Nada. No hice nada – dice velozmente.

– ¿Y cómo sabías que Anna estaba muerta? – noto como todos reaccionan con genuina sorpresa, incluyendo a Camila – No finjas que te sorprendes, no soy idiota.

– Yo no la maté. ¿Has tomado en cuenta que ella no estaba sola? ¿Cómo voy a matar a un grupo de personas yo sola? – se defiende – Piénsalo, después de todo no eres idiota, ¿verdad?

– ¿Te estás burlando de mí?

Intento acercarme más a Camila, pero mis amigos nos alejan. Más bien me detienen. Mi hermana está muerta. Esa debe ser la explicación de porqué estoy tan agresivo e irritable. Mi hermana está muerta. No puedo asimilarlo. Mis compañeros me están hablando, supongo que intentan tranquilizarme. Pero oigo sus voces lejanas. Volteo a ver a mi hermana. No entiendo porque no he empezado a llorar. ¿Eso me hace insensible?

Sus ojos están abiertos. Siento que me está mirando. Por su brazo se deslizan varias gotas de sangre. Su pelo está hecho un desastre. Rebusco en mi bolsillo y saco el lazo que había encontrado antes.

– Hunter – me llama Joshua.

– No quiero hablar de esto, estoy bien, solo debemos salir de aquí – respondo.

– Pero Hunter...– insiste Olive.

– Dije que estoy bien, enserio – reitero.

Me ato el lazo en la muñeca con delicadeza, no quiero romperlo, es lo único que tengo actualmente que pertenecía a mi querida hermana. Volteo a mirar a Camila, quien me mira fijamente, pero al notar mis ojos en ella deja de hacerlo.

Estamos a punto de retomar nuestro camino, pero el ruido de antes vuelve a hacerse presente.

– No de nuevo – dice Louis.

– Por las escaleras, rápido – ordena Joshua.

Empezamos a subir corriendo. Las escaleras se sienten infinitas. Nuestras respiraciones están aceleradas. Siento como me arden los músculos de las piernas, pero lo último que podemos hacer es parar.

– Por aquí, rápido – nos guía Sally.

Entramos por una puerta que nos lleva a una clase de almacén, el lugar está lleno de cajas que parecen de cartón. Cerramos la puerta y activamos el seguro. Todos a excepción de Louis, Camila y Sally, nos apoyamos en nuestras rodillas para retomar el aliento. Definitivamente necesito ir al gimnasio.

– Aquí estaremos a salvo – dice Olive con dificultad.

– Por nuestro bien, espero que así sea – dice Sam sentándose en el suelo.

Hay una ventanilla en la pared del fondo. Por esta se cuela un poco de la luz de la luna, pero eso no es suficiente como para que podamos ver claramente.

Camila se acerca a una de las cajas y empieza a rebuscar en ella. Camila. ¿Por qué sigue con nosotros? No está aportándonos nada. Su presencia hace que el ambiente se sienta más pesado. Ni siquiera creo que le caigamos bien en realidad. Quizás nos acompaña por supervivencia. Algo no me cuadra. Siento que algo no está bien.

CAPÍTULO XI

JANE

Nos encontramos todos sentados en un círculo. Escucho como Louis bosteza.

– Tienes sueño – afirmo.

– Pues claro, han pasado muchas cosas, deben ser como las 02:30 am – comenta.

– Deberíamos descansar – dice Joshua – Vamos a turnarnos para hacer guardia. Así, si algo o alguien o lo que sea que nos está acechando amenaza con atacar, podremos despertar a los demás y escapar a tiempo.

– Me parece bien – dice Sally – Pero...cómo decidimos? – ¿Decidir qué? – pregunta Olive.

– Pues decidir quiénes se van a quedar vigilando, obviamente – responde Hunter.

– No estoy tan cansada, yo hago guardia – me ofrezco.

- Yo igual - interviene Sam - No tengo sueño y dos cabezas son mejor que una.

- Pues ya está. En 20 minutos hagamos el siguiente cambio - anuncia Joshua.

Decidimos que los próximos en vigilar serían Joshua y Sally. Todos se acomodan lo mejor posible y caen en un profundo sueño. No me sorprende. Deben estar muy cansados. Después de todo, hemos pasado por mucho. Toqueteo mi bolsillo y confirmo que mi inhalador sigue ahí. Hace mucho tiempo no lo necesito, pero bajo toda esta presión que da la situación, en cualquier momento podría hasta sufrir de un paro cardiaco.

Sam se sienta a mi lado en silencio. Saca algo de su bolsillo. No logro descifrar que es hasta que la enciende.

- Una linterna - estoy sorprendida.

- Si, la dejaste caer luego de...bueno, ya sabes - dice.

- Coral...- quedamos en un breve silencio el cual decido romper - Sigo pensando que esto es un sueño, una pesadilla...

- Yo igual...Coral, Anna y todos sus amigos, todos están...muertos de verdad.

- No quiero morir - declaro - No quiero que nadie más muera. - No morirás, yo te protegeré - me mira.

No. Conozco esa mirada. Me transmite sentimientos que también he sentido antes por alguien más. Me da miedo lo que esté pensando. Aún más lo que me pueda decir. Lo que pueda pasar entre nosotros. Con nuestra amistad. Ahora es cuando me doy cuenta de que siempre sospeché sobre esto, pero estaba ignorándolo por miedo a perder a mi querido amigo.

- Sam...- no sé qué más decir.

- No, ya es hora de decirlo - su tono expresa seriedad, pero sus ojos expresan algo más - Yo te a...

- No lo digas, por favor, no lo hagas - lo interrumpo.

- Escucha, Jane. Con todo lo que está pasando, necesito que lo sepas - no respondo, por lo tanto, él continúa - Llevo tiempo sintiendo esto en mi interior. Cada vez que te veo, te escucho o te pienso. Si me preguntas cómo describirlo, no podría responderte. Son tantas emociones mezcladas que no creo que exista una sola palabra para definirlas. Sé que quiero darlo todo para enorgullecerte y poder sorprenderte cada vez más. Tengo fe en que tus sentimientos hacia mí cambien. Que me veas de otra manera – su voz es temblorosa – Pero de lo que sí estoy seguro, Jane, es de que te amo.

No respondo nada. No sé qué decir. Era justo lo que temía. Me sigue mirando. Sé que está nervioso. Que tiene miedo. Pero no puedo mentirle. No tengo la fuerza para hacerlo. No quiero decir que siento algo que realmente no está ahí.

– Yo no... no puedo, Sam – me mira, en silencio. Esos ojos que mostraban emociones tan hermosas cambiaron a unos que sentían lo contrario – No puedo corresponderte, lo siento.

– ¿Por qué? – su voz solo emite seriedad. Sus ojos, más que tristeza, expresan ira. No me gusta la sensación que percibo, empiezo a sentir incluso miedo – Te hice una pregunta, Jane.

– No estoy lista para sentir algo de ese estilo otra vez, y lo sabes – intento sonar segura, pero en realidad estoy asustada, esta faceta que me está mostrando Sam no es una que el suela dejar salir con frecuencia.

– Es por Louis, ¿cierto? – lo miro con sorpresa ante su reacción – Siempre es ese imbécil, todos siempre se enamoran de él. ¿Por qué? Él no es mejor que yo. Quizás es más guapo, pero yo soy más fuerte. Ese idiota es solo un flacucho de mierda. No es especial. Yo sí soy especial – dice desesperado.

– Oye, relájate, él es tu amigo – digo sorprendida – Escucha, lo siento, ¿sí? No quería ofenderte o hacerte sentir mal. Pero no me puedes obligar a sentir algo que no siento.

– Yo te amo, Jane, yo realmente lo hago. Louis es un estúpido por no aprovechar la oportunidad de poder estar contigo. Yo no quiero cometer el mismo error.

– Ya te dije, Sam, no siento lo mismo...– digo en voz baja.

Sam se pone de pie de golpe. Tiene el ceño fruncido y los puños cerrados. Está furioso. Puedo notarlo. Su rostro incluso parece tornarse de un color más rojizo. Se acerca furioso al cuerpo dormido de Louis y me mira amenazante. Quiero preguntarle qué piensa hacer, pero en mi interior ya tengo la respuesta. Agarra a Louis del brazo con mucha fuerza y lo levanta de golpe. Louis despierta y suelta un gemido de sorpresa.

– ¿Qué te pasa? – pregunta Louis irritado y somnoliento.

– Vamos a resolver esto como los hombres que somos – declara Sam con firmeza.

– ¿Ya pasaron los 20 minutos? – oigo decir a Olive con un tono adormilado.

– Ojalá fuera solo eso – se queja Joshua – Ustedes dos – señala a Louis y a Sam – ¿Qué es lo que sucede?

Sam iba a responder, pero escuchamos como alguien toca la puerta, exactamente tres toques. Todos, por instinto, volteamos hacia la puerta. Me agacho y recojo la linterna que Sam había sacado y la apago. Tal vez así quien sea o lo que sea que esté afuera se rendiría al pensar que no hay nadie aquí, aunque no puedo negar que de cierta forma siento un poco de alivio, pues la interrupción evitó la pelea que se aproximaba cada vez más.

– ¿¡Quién es!? – pregunta Olive. Hunter corre y cubre la boca de Olive con su mano.

– ¿Acaso eres idiota? – pregunta Hunter en un susurro apenas audible – No sé ni porque te pregunto, si es más que obvio.

Se siente mucha tensión en el ambiente. Estamos todos muy nerviosos y ansiosos. Rogamos en silencio que haya sido el viento. Pero sabemos que eso es casi imposible, para no decir que completamente imposible. Deseo que lo que esté del otro lado no sea esa cosa que nos está siguiendo y acechando. Miro a Sally, que no se encuentra muy lejos de mí. Ella me mira. Las dos nos comunicamos sin necesidad de hablar. Estamos asustadas.

– No podemos quedarnos aquí...– dice Louis en voz baja, liberándosete del agarre de Sam con brusquedad y luego de dedicarle una mirada extraña vuelve a hablar – Subamos.

– ¿Subir a dónde exactamente? – cuestiono.

– Pues hasta donde podamos, bajar claramente no es una opción. Abajo están los...bueno, los cuerpos. Está más oscuro. Estamos más cerca de la cima que del primer piso. Llegaremos antes arriba y tendremos más probabilidad de no morir. – aclara Louis.

– Ok, subimos, ¿y luego qué súper genio? – pregunta Sam con sarcasmo al final.

– Hay una escalera – recuerda Hunter – Sí. Al borde del edificio, hay una escalera de metal unida a la pared. Podemos bajar por ahí y llegar a la calle.

La discusión no dura mucho más y finalmente decidimos subir. Hunter abre la puerta y Louis asoma su cabeza con sigilo, con su mano nos hace una señal, indicando que no hay peligro por el momento y que el camino está libre. Lentamente salimos de aquel almacén y subimos a paso lento las escaleras.

Fiinalmente llegamos al techo.

CAPÍTULO XII

Cuando ya no quedan más escaleras por subir nos encontramos con una gran puerta de metal cerrada con candado. Todos volteamos por instinto a ver a Sally, ya que había abierto una puerta anteriormente, pero ella solo nos mira con algo de tristeza.

– Ya no tengo ningún gancho, a menos de que ustedes tengan uno, no puedo hacer nada – dice como respuesta al ver nuestra reacción. Joshua le coloca una mano en el hombro para hacerle entender que está bien.

– Yo me encargo – dice Sam

Se acerca al extintor y con su puño rompe el vidrio que lo protegía. Olive exclama con sorpresa ante la reacción tan precipitada de Sam, pero a él parece no dolerle ni importarle. Toma el extintor con su mano sana y con este empieza a golpear el candado con fuerza, Hunter lo aparta y aunque Sam intenta soltarse de su agarre, no lo consigue.

– ¿Qué crees que haces? – interroga Sam molesto.

- Eso debería preguntarte a ti. Haces demasiado ruido. ¿Quieres que esa cosa venga y nos mate? – responde Hunter – Además, mírate esa mano, ¿acaso eres estúpido? Mientras más daño te hagas más difícil será que salgamos todos. Además, recuerda que nuestro propósito es salir de aquí ilesos, ¿entiendes? ILESOS.

- Al menos yo si estoy intentando hacer algo, a diferencia de otros – murmura Sam, dedicando una breve mirada a Louis.

Miro a mi alrededor. No veo nada que pueda resultarnos útil. Nada parecido a un gancho para que Sally pueda abrir la puerta. Nada para romper el candado con efectividad y poco ruido. Nada que nos sirva para escapar. ¿Qué podemos hacer? ¿Qué puedo hacer? Veo los rostros de todos uno por uno. Quiero descifrar lo que están pensando. Olive está en una esquina con una mano a cada lado de su cabeza y una cara de angustia algo exagerada. Sam, por su parte, está molesto y algo...avergonzado. Está mirando un punto fijo en el suelo. Decido dirigir mi mirada a ese mismo punto y me doy cuenta de que lo que Sam está viendo no es exactamente el suelo, sino un martillo con el cual hubiera podido romper la vitrina.

¿Acaso se hirió a sí mismo estando consciente de que el martillo se encontraba ahí? Conociéndolo, sé que es capaz de eso y más, pero ¿por qué lo haría? ¿Acaso quería probarse a sí mismo?

Hunter y Joshua están hablando en voz baja no muy lejos de nosotros, tal vez a unos dos o tres metros, parece que se encuentran compartiendo ideas u opiniones. Louis está indiferente. Camila...me está mirando. Noto que ella estaba haciendo lo mismo que yo, observando a los demás. Y justo cuando le tocaba a ella mirarme a mí y a mi mirarla a ella nuestras miradas se encontraron.

Parezco ser la única que se puso nerviosa, porque ella no aparta la mirada de mí. Siento como si a través de sus ojos quisiera decirme algo, o tal vez solo quiere analizarme al igual que a los demás.

– Listo – avisa Hunter.

Volteo con rapidez, al igual que Camila. El candado está en el suelo. Hunter tiene una sonrisa orgullosa y Joshua está explicando a los demás el cómo surgió la magnífica idea que hizo posible retirar el candado. Pero eso es todo lo que sé. Porque no logro escucharlo. Toqueteo mi bolsillo asegurándome de que mi inhalador sigue ahí. Tengo un muy mal presentimiento. No sé lo que significa. ¿Es miedo? Probablemente. Es lo más lógico ante esta situación. Pero esta sensación de inseguridad surge de la nada, no sé qué lo provoca, pero me siento bastante ansiosa.

– Bueno, ¿y qué esperan chicos? Vamos – dice Olive.

Louis se acerca y abre la puerta. No hay nada raro o más bien inusual del otro lado, pues esos extintores que están por toda la escuela ya son de por sí bastante raros, pero no inusuales. Salimos y observamos a nuestro alrededor. Miro hacia arriba. El cielo está oscuro, pero la luz de la luna y las estrellas nos permiten tener una visión medianamente clara de nuestro entorno.

Sam, sin desperdiciar ni un segundo, se acerca con apuro al borde de la azotea y comienza a buscar donde está la supuesta escalera que sería nuestra salida.

– Cuidado si te caes – le advierte Louis.

– No quiero ni necesito que tú me digas qué hacer – responde quejoso Sam.

– Deberíamos buscar entre todos, mientras más personas busquemos antes la encontraremos y más rápido podremos irnos de aquí – propone Joshua.

Todos estamos de acuerdo, incluida Camila, quien no ha hablado mucho, para no decir nada, en todo este tiempo. Entre todos empezamos a revisar cada extremo de la azotea en busca de la escalera de metal.

– ¡Aquí está! – grita Olive.

– Al fin podremos irnos – dice Sally con una sonrisa.

Todos estamos sonriendo, a excepción de Camila. Ella mantiene una mirada seria y no parece estar emocionada para nada. Sam intenta subir a la escalera, pero al colocar un pie en esta algo vuela proviniendo de abajo con tanta rapidez que provoca que Sam caiga de espaldas contra el suelo.

– ¡¿Qué carajos es eso?! – grita Olive.

– ¡¿Qué vamos a saber nosotros?! – responde Louis alterado.

Un ser extraño parecido a una abeja metálica gigante, como del tamaño de una almohada grande, está frente a nosotros. Sus alas tienen puntas de cuchillas y sus ojos son rojos como rubí. Emite un extraño ruido, parecido al de una sierra eléctrica.

– Sam, muévete – le digo al ver que sigue tirado en el suelo – Ven aquí – vuelvo a decir.

Él se arrastra lentamente hacia nosotros y al llegar se pone de pie con cautela. La criatura solo está volando frente a nosotros. No está haciendo mucho más. Luego, de pronto, se acerca a nosotros con rapidez. Por instinto nos apartamos, pero por lo mismo acabamos separándonos.

– ¡Cuidado! – escucho la voz de Sally.

Por alguna razón presiento que ese "cuidado" iba dirigido a mí. Así que volteo a todas partes y me encuentro a aquella criatura viniendo directo hacia mí a toda velocidad. El miedo me quita la movilidad de las piernas. Quiero apartarme, pero no puedo.

De un momento a otro ya no estoy ahí. Estoy en el suelo. Sam me empujó y ahora es él quien está siendo atacado por lo que fuera esa cosa.

– ¡Sam, no! – es todo lo que sale de mí, pero ya es demasiado tarde para que sirva de algo mi comentario.

La criatura entierra sus colmillos, colmillos que no había notado hasta ahora, en el brazo de Sam que grita de dolor. Quiero ayudarlo, pero no sé cómo. Quiero moverme, pero algo me está frenando. Miro rápidamente a mis amigos y todos parecen estar en mi misma situación. Nadie puede reaccionar. La criatura se eleva por los aires llevando a Sam consigo. Luego, lo lanza hacia arriba y con las cuchillas de sus alas le inflige cortadas por todo el cuerpo. De Sam solo salen gritos de dolor, y de nosotros, los que seguimos sin poder hacer nada, salen lágrimas.

– Sam...– escucho a Joshua murmurar, cuando volteo a mirarlo noto la impotencia que transmiten sus ojos.

El cuerpo de Sam se estrella contra el suelo. La criatura baja y se posa sobre el cuerpo de este. Como si estuviera presumiendo de lo que acaba de hacer. De pronto, un tubo grande de metal comienza a golpear contra el cuerpo de la criatura una y otra y otra y otra vez. Eso me toma por sorpresa, pero ver que Louis es quien está manejando el tubo y que su rostro está lagrimoso y con un tono rojizo, me sorprende menos.

Batea el cuerpo de la criatura a otra parte y sigue golpeándolo. Yo por mi parte me levanto al fin, puedo tomar control de mi cuerpo, y corro hacia el cuerpo de Sam.

– Hey, Sam, ¿me oyes? – lo tomo entre mis brazos y lo agito con delicadeza – Respóndeme, por favor.

Escaneo su cuerpo con mis ojos. No. Está demasiado herido. Está lleno de sangre, y ahora yo también. De su sangre. Sigo sacudiéndolo, con la esperanza de que sus ojos se abran.

– Augh...– escucho un quejido.

Me detengo y miro a Sam. Está sonriendo. Lo primero que hago es abrazarlo con suavidad. Volteo a ver a los demás, que en algún momento ya estaban rodeándonos, a excepción de Louis, que seguía golpeando a aquella criatura, aunque ya estaba destrozada.

– Al fin hice algo para protegerte...– su voz es bastante débil y sus ojos muy llorosos.

– No digas eso, pronto saldremos de aquí – le respondo sintiendo un fuerte dolor en mi pecho – Resiste un poco más, si? – le pido o más bien le ruego.

– Tendrás que salir tú por los dos – murmura Sam.

– No es hora de tus bromas – digo molesta, pero sin ser brusca. Louis lanza el tubo al suelo y viene con prisa hacia nosotros. Se agacha a mi lado y toma una de las manos de Sam – Te quiero amigo, pero no de esa manera...– dice burlón.

– Cállate, frentón, necesitas ahorrar tus fuerzas para cuando salgamos de aquí – responde Louis.

– ¿Qué fuerzas?– susurra Sam.

Siento que algo se quiebra en mí. Lo miro. El brillo en sus ojos ya no está. De alguna forma su piel ya no tiene ese tono rosa del que tanto me reía. Coloco una mano en su mejilla y confirmo que su rostro ya no está caliente. Está frío. Todos estamos en silencio. Nadie dice nada. Solo se puede escuchar el llanto escandaloso de Olive y las maldiciones que susurra Louis. Regañando a su amigo por ser tan débil. Pero, a pesar de eso, a pesar de todo, Camila sigue indiferente.

- No podemos quedarnos aquí - dice ella, acabando con el silencio - Esa criatura nos lo acaba de dejar claro, bajar por las escaleras de metal no es una opción.

- ¿Y qué esperas que hagamos? No tenemos muchas más opciones, por si no lo notaste - responde Hunter sin mirarla.

- Salgamos por donde entramos - dice como si fuera obvio - La entrada principal de la escuela.

- Bien...si, está bien - intento cargar a Sam, pero no lo consigo - Necesito ayuda...

- Jane...- me llama Sally.

- No, no, no . Solo pesa un poco. Es que yo casi no tengo fuerza, es todo - la interrumpo.

- Yo lo hago.

Louis se acerca y carga a Sam sobre su espalda como si no pesara nada. Lo miro ligeramente sorprendida, pero decido no comentar. Ninguno de nosotros lo hace. Todos volvemos en nuestros pasos. Salimos por la puerta de metal, bajamos las escaleras, pasamos por aquella habitación que estaba al inicio de estas. Volteo a ver a

Hunter. Él mira al suelo. Ignora el hecho de que pasamos por el cuarto donde se encuentra el cuerpo de su hermana.

Estamos caminando sin rumbo. No sabemos exactamente a donde ir. No reconocemos muy bien el interior de la escuela por la falta de iluminación que hay en esta y aunque Camila se ofreció a guiarnos, nadie quiso aceptar la oferta debido a la desconfianza en ella. Pero, como si nuestra suerte se hubiera incrementado, acabamos regresando a la cafetería.

– Vaya, al fin algo bueno – escucho decir a Joshua.

– Si, todo esto ha sido un asco – se queja Olive con un puchero.

– Ah sí? No lo había notado – responde Hunter sarcástico.

Louis deja el cuerpo de Sam sobre una de las mesas. Miro mis manos. Había olvidado que la sangre de Sam me había ensuciado por completo cuando lo abracé. Siento como algo se revuelve en mi estómago y lo que más temía empieza a ocurrir.

CAPÍTULO XIII

Seguir respirando se vuelve cada vez más difícil. Intento sacar mi inhalador de mi bolsillo, pero por la agresividad con la que lo hago este cae al suelo resonando, lo cual llama la atención de mis compañeros.

– Jane, ¿qué tienes? – dice Sally acercándose a mi preocupada.

– Yo no... yo no puedo...– intento decir, pero las palabras no salen de mi boca.

Coloco una mano en mi pecho. Acabo de asimilarlo. Sam, Coral, Anna. ¿Quién sigue? ¿Seré yo? ¿Será Sally? No puedo con todo esto. Somos niños. No deberíamos pasar por esto. Nadie debería. Miro mis manos de nuevo. Sangre. Sangre de Sam. Recuerdo la pelea que ocurrió poco antes de...bueno, de eso. Lo que él me dijo. Lo que yo le dije. Lo que dijimos todos.

– Toma – Hunter recoge mi inhalador y me lo entrega.

Lo uso enseguida. Mis manos me tiemblan. Mis ojos lagrimean. Siento la mirada de todos mis compañeros sobre mí y eso solo me hace sentir vergüenza. Sally parece notarlo.

– Vamos al baño a lavarte, ¿sí? – me dice. Ella se acerca a las mochilas que contenían lo que hubiéramos usado para la pijamada y saca 3 linternas. Le pasa una a Louis y otra a Hunter – Solo quedan estas tres – informa.

– Eso es imposible, juraría haber empacado por lo menos 3 linternas y apuesto que no soy el único que lo hizo – dice Joshua.

– Yo empaque dos – avisa Hunter.

– Yo igual – informa Olive.

– Bueno, quizás se cayeron en algún punto o sin darnos cuenta las hemos usado sin avisar o quién sabe. No tenemos tiempo para ponernos a pensar en cuantas cosas trajo cada uno– se queja Louis – Sally, llévate a Jane al baño, pero no tarden mucho.

– Ese era el plan – responde Sally.

Nos dirigimos al baño más cercano a donde se encuentra el grupo. Entramos. Las luces están apagadas, pero, gracias a la linterna que Sally había conservado, contamos con una buena y clara visión del baño.

Me acerco con prisa a uno de los lavamanos y abro la llave. Tomo mucho jabón en mis manos y empiezo a lavarlas con algo de brusquedad.

– Jane, déjame ayudarte – se acerca a mí luego de sacar varias toallas de papel. Las remoja y empieza a frotarlas en mi pecho.

– Gracias, Sally – digo con una ligera sonrisa – Quisiera poder mantener la calma como tu...

– De hecho, estoy cagada de miedo – ambas soltamos una leve risa como respuesta – Ya enserio. No he podido dejar de pensar en Alvin o en Mia. Se suponía que iban a unírsenos y me asusta que al llegar les pase algo, o que ya hayan llegado y... – sus ojos pierden el brillo momentáneamente.

– Oye...– le quito las toallas de papel de las manos y la tomo por los hombros – No temas, recuerda que Alvin es un maniático de las películas, seguro se las puede arreglar, y el padre de Mia dirige una agencia de seguridad, ella sabe defenderse – Sally ríe.

– Mira que bien, no eres tan mala con las palabras – se burla con una sonrisa.

– Que puedo decir, todos tenemos dones secretos – digo siguiendo el juego – Ay, lo siento, te mojé un poco – quito mis manos de sus hombros al notar que había olvidado secarlas.

– Créeme, eso es lo de menos – dice con esa sonrisa que tanto me gusta. Nos abrazamos unos segundos – Bueno, creo que ya es hora de regresar – concluye.

Sally se dirige a la puerta y coloca su mano en el picaporte. Pero no se mueve. La miro curiosa y me acerco a ella, quedando alrededor de un metro de distancia.

– ¿Qué pasa? ¿Por qué no abres? – cuestiono.

– No se abre – responde.

– ¿Qué? – la aparto e intento abrir la puerta con más fuerza – ¡No es divertido! – aviso.

– No creo que sea una broma, Jane...

– Debe serlo, no puede ser que tengamos tan mala suerte – volteo a ver a Sally y el miedo en su rostro me sorprende.

Claro. Si vuelve a pasar algo como lo que ha sucedido con Coral o Sam, significa que nos toca a una de nosotras. La verdadera pregunta es a quién. Sally debe estar pensando lo mismo que yo.

A este punto, creo que preferiría ser yo quien muera, y aunque suene muy mal, no es solamente porque quiero salvar a Sally, sino también porque así esta pesadilla acabaría. Puede que sea un pensamiento egoísta, pero en este escenario en el que nos encontramos no tengo muchas más opciones, de hecho, nadie las tiene.

El silencio nos invade. Ninguna está intentando nada para abrir la puerta, porque ya sabemos que no funcionará. Es como si la voluntad de esa criatura tuviera que cumplirse a como dé lugar. Esa criatura no quería que nos fuéramos del edificio, al menos no por la azotea, y nos lo dejó claro de una manera que no quisiera repetir. Y tampoco parece querer que salgamos de este baño, al menos no por la puerta y hasta donde puedo ver, no hay otra manera en la que podamos escapar de estas cuatro paredes.

Solo estamos paradas una frente a la otra. Sin decir nada. Supongo que el miedo y la ansiedad que sentimos nos está frenando. Esperar a ver qué es lo que sucederá ahora es como una de las torturas más dolorosas.

– Tal vez la puerta sólo se atoró...– digo al fin, pero mis palabras pierden valor enseguida.

Las llaves de los lavamanos, una por una, van abriéndose. Pero no sale agua, más bien sale un líquido extraño. No. No es extraño. Lo reconozco. Es sangre.

Sally mira fijamente como el lavamanos se va llenando poco a poco y segundos después se va desbordando. Yo finalmente entro en razón y corro a la puerta para volver a intentar abrirla. Empujo fuerte. Empujo otra vez. Repito mi acción. Pero no da señales de que vaya a abrir. Comienzo a estrellar mi cuerpo contra la puerta, aunque me duela, pero esta igual no abre. Vuelvo a mirar a Sally y ella sigue en un estado de Shock.

– Sally, ven rápido, ayúdame – me acerco a ella y tomo su muñeca intentando hacerla reaccionar.

– No... no se va a abrir – dice con miedo.

La miro. Pienso en qué hacer. Miro al suelo y este ya estaba empezando a llenarse de sangre, luego a Sally y regreso a la puerta. Ahí es cuando me doy cuenta de que estaba equivocada. No quiero morir. No quiero hacerlo. Me aterra la idea de no estar más en este mundo. Del dolor que me pueda causar fallecer de esta manera. De morir en manos de esa criatura.

Empujo con mi cuerpo otra vez. Mi brazo empieza a dolerme mucho. Pero eso es lo de menos. Lo que realmente importa ahora es salir de aquí. Vuelvo a lanzarme contra la puerta una y otra y otra vez. Hasta que escucho un golpe seco a mis espaldas.

CAPÍTULO XIV

El cuerpo de Sally se desplomó en el suelo. Las llaves de los lavabos salieron disparadas y aparentemente una de estas golpeó contra la cabeza de mi compañera. Me acerco a ella con velocidad y confirmo que no está consciente. La sangre ahora está saliendo disparada por todas partes, ya que no cuentan con las llaves que podrían disminuir su potencia.

Me resulta bastante irónico nuestro propósito inicial era venir al baño a limpiarme la sangre; ahora estoy empapada de ella otra vez y peor. Al menos esta vez no es sangre de Sam. Decido no pensar mucho en eso. Arrastro el cuerpo de Sally y lo acerco más a la puerta, aunque al llevarla por el suelo su cuerpo queda más empapado en sangre.

La linterna se manchó y ahora solo brinda una luz rojiza, aunque sigue alumbrando lo suficiente como para poder distinguir todo el entorno con cierta claridad. Reviso el pulso de Sally; está viva. Claro, un golpe no era suficiente para acabar con ella. Un suspiro de alivio abandona mi cuerpo.

Me acerco a los lavabos y acabo viendo mi reflejo en el espejo. Me parezco a Carrie, cuando acaba bañada en sangre. Solo que esto no es ficticio. Es real. Con mi mano acaricio mi mejilla, que está manchada de aquel líquido rojo. Decido que es buena idea tomar varias toallas de papel y tapar todos los lavabos, así la sangre dejaría de salir y podría pensar con mucha más claridad.

Pero, cuando me acerco al dispensador caigo en cuenta de que en el baño hay una pequeña ventana.

Me pregunto por qué no la había notado antes. Corro hacia esta y necesito ponerme en cuclillas para alcanzarla. La abro.

– ¡Ayuda! – grito – ¡Alguien, por favor!

No sé si sería muy surrealista pensar que es posible que alguien me escuchara y viniera a salvarnos. Probablemente lo sea. No tengo idea de qué hora es, pero ya que el sol no ha salido supongo que nadie estará despierto, y menos un sábado, y todavía menos cerca de una escuela.

– ¡Estamos atrapadas! ¡Hay un monstruo siguiéndonos! – grito otra vez. Aunque no creo que alguien vaya a creerlo en caso de escucharme, sonaría como una tontería.

– ¿Monstruo?...

Es un murmuro. Uno muy bajo. Casi inaudible. Volteo a ver a Sally, pero ella sigue sin dar señales de estar consciente, entonces ¿quién habló? Vuelvo mi vista a la ventana y caigo al suelo sentada. ¿Qué es eso? Una criatura está asomándose. No es la misma de la azotea. Es distinta. Esta tiene ojos humanos. Es negra, o quizás púrpura. Depende de cómo lo veas. Su piel se ve viscosa, y una extraña nube oscura lo rodea. Tiene una sonrisa enorme. Dientes afilados. No puedo dejar de mirarla. Hay algo en ella que me hace no poder apartar la vista.

– ¿Qué? ¿Te gustan? – su sonrisa no se inmuta. Es como si no necesitara hablar con su boca. Su voz es chillona, pero a la vez es oscura. Un tentáculo, o algo parecido, se asoma. Señala y rodea sus ojos – A mí me gustan mucho, tu amiga tiene unos ojos muy pero muy lindos.

Miro a Sally por instinto, pero no tiene sentido. Digo, Sally tiene unos ojos marrones preciosos, pero ¿por qué la criatura se fijaría en eso ahora?

- El color azul es muy bonito, aunque sinceramente prefiero el púrpura...- vuelve a decir, sin borrar ni un poco esa sonrisa tan grande que tiene.

Vuelvo a mirarla y algo en mi mente hace click. Los hilos se unen y ya entiendo a lo que se refiere. Los ojos de Coral son azules, o bueno, eran. Los ojos que le faltaban a su cabeza cuando la encontramos. Esa criatura le arrancó los ojos y ahora los está usando como si fueran simples accesorios.

Me arrastro por el suelo, resbalando varias veces debido a la sangre derramada en este. Choco contra la puerta. Jalo a Sally del brazo y la tomo entre los míos. La criatura se ríe, o eso creo, porque es una risa bastante peculiar. Su cuerpo atraviesa la pared. Es grande. Es horrible. Aquella cosa que creí que era una nube era más bien una sustancia gaseosa que emanaba su cuerpo y como era de esperarse tenía un olor asqueroso.

- Aunque no me sirven de mucho - vuelve a hablar.

Acerca uno de sus tentáculos y con este se arranca los ojos que alguna vez fueron de Coral. Me los lanza y yo solo reacciono escondiendo mi cabeza en el cuello de Sally sintiendo repugnancia al sentir esas dos bolas chocar contra mi pierna. Las lágrimas inundan mis ojos y el miedo mi alma. Realmente son los ojos de Coral, lo confirmo cuando levanto la vista y los veo rodando por el suelo. Las náuseas me provocan arcadas, y me siento culpable, aunque no estoy muy segura de por qué.

–Despierta, Sally. Por favor, rápido – le susurro con la voz temblorosa por el pánico y la desesperación. La agito con delicadeza para no lastimarla más, pero no estoy segura de lograrlo sin ser brusca por el terror que siento.

Lo acepto. Sally no va a despertar, al menos no por ahora. No tengo muchas opciones en este momento. No voy a pelear, estoy muy segura de que perdería. Gritar tampoco es una opción, el monstruo se alteraría. No puedo hacer nada. Solo llorar como un bebé. Solo esperar como espectadora. Esperar a que el destino se apiade de mi alma.

Al parecer no iba a morir una de nosotras, sino las dos.

CAPÍTULO XV

10 minutos antes...

LOUIS

– Ya se tardaron mucho, ¿no? – pregunto.

– La verdad es que sí, se han tomado su tiempo – responde Joshua – Ahora que lo pienso...puede que yo también necesite ir al baño un momento.

– Si, yo igual...– dice Hunter.

– Vayan – interviene Olive – Yo los esperaré aquí, aunque me da miedo estar solita...

– No vas a estar "solita" – le responde Camila.

– Oh, cierto, pero creo que Louis preferiría ir al baño con Hunt y Josh...– dice Olive cabizbaja.

– Está en lo cierto – aclaro rápidamente.

- No me refería a él, tonta - dice Camila fastidiada - Yo no iré al baño, no lo necesito.

Sin perder ni un segundo, Joshua sale disparado. Hunter y yo vamos tras él. A los pocos segundos llegamos al baño. Una vibra extraña se siente en el ambiente, pero al parecer sólo yo lo noto, los otros dos están muy apurados esperando hacer sus necesidades. Los espero afuera para vigilar, como dice Jane, es mejor prevenir que lamentar. Pero en ese momento escucho unos ruidos extraños. Me alejo unos pasos de la puerta del baño de hombres y me asomo a la puerta del de las mujeres. Los ruidos provienen de ahí. Regreso sobre mis pasos y entro al baño con Hunter y Joshua.

- Hay que darnos prisa - aviso.

- ¿Por qué? ¿Hay algo afuera? - indaga Joshua con clara preocupación.

- No exactamente, pero hay ruidos raros en el otro baño. No me gustaría quedarme a averiguar qué los provoca...- respondo.

- Deben de ser las chicas - dice Hunter, despreocupado - Espera...claro.¡Las chicas!

Ahí es cuando mi cerebro decide reaccionar. Abro los ojos con fuerza haciendo que parezcan dos platos.. Los tres nos apresuramos a salir y dirigirnos al otro baño. Hunter está agarrando la linterna. Intento abrir aquella la puerta, pero esa no se mueve ni un poco.

– Quítate.

Joshua me aparta y vuelve a intentarlo. La puerta se abre de repente y el cuerpo de Jane cae de espaldas al suelo, con Sally en sus brazos.

Jane tiene los ojos aguados, su respiración está agitada y su cuerpo bañado en sangre. Hunter apunta con la linterna al interior del baño y todo pareciera una escena de terror, o más bien, lo es. Los lavabos están sin llave, de estos salían chorros de sangre como si fueran regaderas de patio. Vuelvo a mirar a las chicas. Joshua está agachado junto a ellas.

– ¿Qué pasó? – pregunta.

– La puerta no se abría... La criatura estaba ahí... Los ojos de Coral...– Jane empujó a Joshua luego de quitarse a Sally de encima y aleja su cabeza para empezar a vomitar.

- Ahí no hay nada...- dice Hunter viendo hacia el interior del baño con cautela.

- Si, estaba ahí. Y tenía los ojos de Coral y la sangre brotó y... El vómito la hace callar.

- Deberíamos volver antes de que suceda algo más – intervengo. Joshua carga a Sally – Ven – le digo a Jane; paso uno de sus brazos por mis hombros y le sirvo de soporte.

Regresamos a la cafetería, pero al llegar notamos algo extraño. No hay nadie ahí. Ni Olive ni Camila se encuentran aquí. ¿Dónde están? ¿A dónde irían? Puede ser que se hayan ido al baño. Pero no, porque acabamos de venir de ahí y hay gotas de sangre que desaparecen un poco después de la entrada.

- ¿Dónde están? - pregunta Jane desorientada.

- Mierda, claro, seguro les pasó algo - dice Hunter muy irritado - Olive no se iba a defender, aunque su vida dependiera de ello, literalmente. Y Camila está muy pero muy mal de la cabeza. No debimos dejarlas solas.

– No...esperen – digo – El cuerpo de Sam tampoco está –
digo alterado.

Volteo a mirar a Jane y ella se ve igual de alterada que yo.
Sam no está. Ni siquiera cuando está muerto puedo
cuidarlo. ¿Qué clase de amigo soy? ¿En qué clase de
persona me convierte eso? No soy capaz. El murió por mi
culpa. Si yo no hubiera discutido con él... No... Es culpa
de Jane. Ella rompió su corazón. Eso lo hizo tomar
decisiones precipitadas. No... Es culpa de los dos.

Volteo a mirar a Jane otra vez, sus ojos no muestran
ninguna emoción. Me equivoqué. No es su culpa. Es mía.
Solo mía. Él era mi único mejor amigo. No lo pude
proteger. Ni vivo, ni muerto. Era mi responsabilidad
cuidarlo, no de Jane. Sam no podía forzarla a sentir algo
por él. En cambio, yo soy su mejor amigo, debía cuidarlo,
bueno, era su mejor amigo.

Todos estamos en silencio, pensando en qué podemos
hacer. Lo que nos saca de aquel trance es una puerta. Más
bien la puerta de la cafetería, que habíamos olvidado
cerrar al entrar. Todos nos volteamos rápidamente,
pensando que quizás fue otra criatura la que entró o tal

vez nuestras dos compañeras desaparecidas, pero lo que a todos nos tiene tristes, a la mayoría se les olvida.

CAPÍTULO XVI

SALLY

Abro los ojos.

Siento un ligero dolor punzante en la cabeza, pero nada que no pueda soportar. Miro a mi alrededor escaneando mi entorno y noto algo frente a mí. Más bien alguien.

– ¿Estoy muerta? – digo reprimiendo mi felicidad.

– Ja, no. No morirás mientras yo esté vivo – dice Alvin frente a mí. Me lanzo a abrazarlo – Wow, no tan rápido, velocista – dice entre risas – Me alegra verte bien.

– No deberías estar aquí – me separo – No deberías – repito.

– Pues...le pedí a Mia que me dejara unirme a su "pijamada", aunque no resultó como creía – responde Alvin – Ya nos contaron todo, es difícil de asimilar. Supongo que luego de tanto tiempo deseando estar dentro de una película, finalmente lo cumplí – bromea, pero no me río – Vamos, mi amor. Sé que no estamos en la mejor situación, pero no podemos cambiar el pasado. Lo que me consuela es que ahora estoy aquí para cuidarte.

- ¿Por qué eres tan bueno? - digo rendida - En el fondo me alegra que estés aquí. Pero no quiero que te pongas en riesgo.

- No pienses en eso. Cuando Mia y yo entramos a la cafetería nos topamos con ustedes. Me asusté mucho cuando te vi inconsciente, pero luego nos contaron todo lo que les ha sucedido hasta ahora. En lo que despertabas estuvimos creando un plan para ver cómo escapar de esta situación. Quedamos en que esperaríamos hasta el amanecer - me informa Alvin - Aunque ya debió pasar un rato. De igual forma, no ha pasado nada nuevo. Nos hemos estado turnando para vigilar en lo que los demás descansan un poco, aunque la mayoría debe de estar fingiendo dormir.

- Estas en lo cierto - dice Hunter. Miro a mi alrededor y me doy cuenta de que todos mis compañeros estaban acostados y rodeándonos - Es imposible dormir - se sienta.

- Ya ha pasado mucho tiempo y el sol no da ni una sola señal de estar por salir - dice Jane, que era la se encontraba más cerca de una pequeña ventana - No creo que esperar sea nuestra mejor opción, hasta ahora no nos ha pasado nada, pero ¿cuánto más nos durará esta suerte?

– Jane tiene la razón, no estaremos a salvo por siempre, debemos hacer algo – asegura Louis.

– Creo que nuestra mejor opción sería ir a la entrada principal. Estaba abierta cuando entramos Alvin y yo, que llegamos hace alrededor de una hora y media. No creo que la hayan cerrado – opina Mia, a quien no había notado hasta ahora.

Todos nos quedamos un momento en silencio, considerando su idea. Como no tenemos una mejor opción, o mejor dicho, ninguna otra opción, decidimos aceptar. Nos ponemos de pie. Joshua toma las linternas que quedaban. Gracias a que Alvin y Mia vinieron medianamente preparados, ahora contamos con 5 linternas. Repartidas entre Jane, Joshua, Hunter, Mia y Alvin. Empezamos a caminar, Joshua va al frente y Alvin y yo vamos atrás. Estoy tomando su mano. La siento bastante cálida, como siempre, lo que me hace sentir cierta seguridad. Poco es que noto que en su otra mano lleva su vaso de metal color negro, vaso que lleva a todas partes incluso nuestras citas. No puedo contener una ligera risa, él me mira y como si pudiera leer mi mente me enseña el vaso que él, por alguna razón, nombró Esteban.

– ¿Eso es lo que creo que es? – interroga Alvin sin hablar muy fuerte.

– ¿Qué cosa? – pregunto.

– La enfermería – dice Jane – Cuando Alvin te vio inconsciente, reviso tu cabeza y hasta que despertaste no dejo de insistir con que viniéramos a la enfermería – me guiña un ojo.

– Ah, no es necesario – aviso con un ligero sonrojo.

–Claro que sí, revisé tu cabeza y estas sangrando un poco, deberíamos desinfectante – insiste mi novio.

– Bueno...está bien – concluyo, estoy siendo egoísta porque en realidad no me duele nada, pero no puedo evitar sentirme como una princesa al ser cuidada por Alvin.

Al recibir mi respuesta, Alvin me adentra en la enfermería y los demás no siguen el paso. No es muy grande, pero tampoco muy pequeña, tiene el tamaño justo para esta escuela. Veo a Jane arrastrar a Hunter hasta una camilla y obligarlo a sentarse, me parece que su intención es limpiar la cortada que se hizo Hunter en la mejilla y luego colocarle una vendita.

Alvin me toma de la mano y me sienta en la otra camilla libre. Se va y regresa con algodón y alcohol para limpiar mi herida.

– Lo siento, mi amor. Me parece que en esta escuela no invierten lo suficiente en medicina para los estudiantes – se queja.

– No te preocupes, igual no necesito mucho – le digo. El procede a untar alcohol en el algodón y pasarlo por mi cabeza, específicamente en mi herida – Arde...

– Lo sé, pero es por tu bien – responde ante mi queja.

Pasan unos minutos y todos estamos listos, así que salimos y seguimos con nuestro camino. No nos movemos con mucha velocidad. Nos da miedo hacer ruido en medio de los pasillos, donde el eco es mayor. No puedo evitar mirar a Alvin cada 30 segundos.

Creo que es un sueño. Que sigo inconsciente y que estoy soñando. Que él estuviera aquí era justo lo que necesitaba para calmarme y sentirme mejor. Pero a la vez su presencia hace que me dé más ansiedad. Mis sentimientos son muy contradictorios. No quiero que le pase nada malo, pero a la vez quiero que esté conmigo. Pienso que estoy dispuesta a dar todo con tal de que estemos bien. De que...

Mi mente queda en blanco cuando siento que Alvin suelta mi mano, o más bien, de que alguien o algo lo jala con fuerza apartándolo de mí y el sonido de su vaso metálico cayendo al suelo resuena por todas partes.

CAPÍTULO XVII

– ¿Pero qué...? – no puedo acabar mi oración al ver lo que había halado a Alvin.

Una criatura horrenda, de como 3 metros de alto, estaba sujetando el pie de Alvin y lo tenía colgando boca abajo. Siento como mi corazón se detiene. Alvin sigue sosteniendo su linterna y con ella apunta a la criatura. Horrible. Hay algo en ella que no me deja apartar la mirada, por más que no la quiero ver.

– ¡Oigan! ¡Ayuda! – grito para que los demás reaccionen. – ¿Qué carajos...? – escucho decir a Jane.

Puedo notar como todos estamos paralizados. La impotencia me invade. El miedo se apodera de mi cuerpo. Mi novio está intentando zafarse del agarre de esa criatura, pero no lo consigue. ¿Qué me está pasando? ¿Qué nos está pasando a todos?

– No puedo moverme – dice Hunter.

– Ni yo – responde Mia.

– Creo que ninguno de nosotros puede – aclara Joshua.

No. No. Por favor. No. ¿Por qué tenía que ser Alvin? ¿Por qué esto nos tiene que pasar a nosotros? Veo el miedo en los ojos de mi amado. El monstruo solo lo mira, lo analiza. Pareciera incluso estar disfrutando ver a Alvin tan asustado. Yo no puedo tolerarlo. Es imposible para mí hacerlo.

Una oleada de valor inunda mi ser. Tomo una bocanada de aire y corro hacia Alvin. Salto sobre el monstruo y empiezo a golpearlo con todas mis fuerzas. Una y otra vez.

– ¡Suéltalo! – grito.

– ¡Sally, no!. Huye... – me pide Alvin preocupado.

– No me iré sin ti, nunca – le respondo.

La criatura gira con brusquedad causando que me resbale y caiga al suelo. Me pongo de pie con rapidez y tomo lo primero que encuentro cerca de mi. Un bote de basura. Por suerte no es de plástico, sino de un material más duro. Con él, golpeo al monstruo causando que este suelte a Alvin.

– Corre – le digo.

El no me hace caso. Con la linterna apunta otra vez a la criatura y esta se encoge ligeramente. ¿Será esa su debilidad? Le arrebató la linterna a Alvin de sus manos y me acerco a la criatura apuntando con esta. Esta suelta quejidos que supongo que son de dolor y se escapa. Volteo a ver a mis amigos. Todos tienen la respiración agitada.

Luego de calmarnos seguimos nuestro camino, encontramos la salida y nos vamos. Cada quien va a su casa y al día siguiente la policía va a la escuela luego de que hayamos denunciado el caso. Resultó que todos estaban vivos y solo era una estúpida broma. Acabamos yendo a comer helado mientras contábamos nuestras experiencias.

No.

Eso no fue lo que pasó.

Ojalá hubiera sido así.

CAPÍTULO XVIII

No. No. Por favor. No. ¿Por qué tenía que ser Alvin? ¿Por qué esto nos tiene que pasar justo a nosotros? Veo el miedo en los ojos de mi amado. El monstruo solo lo mira, lo analiza. Pareciera incluso estar disfrutando ver a Alvin tan asustado. Yo no puedo tolerarlo. Es imposible para mí hacerlo.

De pronto lo que temía se hizo realidad. El monstruo levanta a Alvin, que se encontraba de cabeza y abre su boca de forma anormal. De un solo bocado se come la mitad del cuerpo de Alvin. Mi Alvin. Específicamente la parte de su cabeza. Lo traga como si no fuera nada. Con la linterna y todo. Una lágrima se desliza por mi mejilla. No puedo asimilarlo. Esto no puede ser real. Deseo que no lo sea.

– Alvin...– murmura alguien detrás de mí, pero mi trance no me permite distinguir quién fue.

La criatura voltea a mirarnos. Se mete la otra mitad que le faltaba a boca y la saborea como si fuera una simple y corriente menta para finalmente escupirla sin apartar la mirada de nosotros disfrutando ver nuestras expresiones horrorizadas. ¿Qué quiere? Comernos, es lo más seguro. Quiero ir a luchar. Vengar a Alvin. Intentarlo. Pero mi cuerpo no me lo permite. No puedo moverme.

– Vámonos – volteo a ver a la persona que me dirige la palabra y es Jane, quien además me toma de la muñeca con prisa – Lloraremos cuando logremos salir de aquí y estemos a salvo.

Algo en sus palabras activa algo en nuestros interiores provocando que reaccionemos. Todos nos miramos y sin decir nada nos ponemos de acuerdo. Empezamos a correr. Jane no suelta mi mano. Pero el monstruo nos está siguiendo sin controlarse. Tirando muchas cosas en su camino. No va a parar. Me freno de golpe y Jane se detiene igualmente.

– ¿Qué pasa? No podemos parar – me dice.

– Vete, yo lo distraigo – le digo.

– No es hora de bromas – me jala la mano, pero no me muevo – Hablo enserio.

– Déjame hacerlo, Jane. No pude hacer nada por Alvin, pero sí puedo por ustedes – sus ojos se llenan de lágrimas y empieza a negar con la cabeza – Quiero hacerlo.

Miro a Hunter que se detuvo poco después y que nos está mirando. Él parece entender la situación. Se acerca y se lleva a Jane a la fuerza. Ella grita e intenta resistirse, pero no consigue zafarse del agarre de nuestro amigo. Él y yo llegamos a compartir una última mirada en la que puedo sentir el agradecimiento que siente Hunter al ver que yo estoy dispuesta a quedarme atrás.

– ¡Fuiste la mejor! – es lo último que le digo antes de darle la espalda con lágrimas bajando por mi rostro.

Espero a la criatura con los brazos abiertos. Lista para recibir el golpe. No siento miedo. No siento terror. Siento mucha paz, porque aunque no pude ni fui capaz de salvar a mi querido Alvin, mejor dicho, no pude salvar a nadie, ahora puedo hacer la diferencia. Puedo ayudar a mis amigos a escapar, aunque yo no vaya a poder hacerlo con ellos.

El impacto llega, pero no me duele. Me lanza, me golpea. Pero sigue sin doler. Lentamente mi tiempo se va acortando. Un extraño tentáculo negro rodea mi cuello y lo aprieta. No puedo respirar, pero en mis labios una ligera sonrisa permanece. Hasta que ya dejo de sentir. Dejo de ver. Dejo de oír. Dejo de estar lo que llaman viva... Finalmente vuelvo a estar con Alvin.

CAPÍTULO XIX

JANE

Estoy corriendo. Más bien, estoy siendo arrastrada por Hunter. No hay expresión en mi cara. Sally ya no está. ¿Acaso yo la abandoné? Toqueteo mi bolsillo con mi mano libre. Mi inhalador tampoco está. ¿Dónde lo dejé? No lo recuerdo. Mi mente no está funcionando correctamente. quizás por el impacto tras el deceso de Sally. El monstruo ya no nos está siguiendo. Sally logró darnos suficiente tiempo. ¿Por qué hay tantos obstáculos? ¿Por qué tiene que ser tan difícil escapar?

– Paren – ordena Louis y todos obedecemos enseguida – Hay algo raro.

– ¿Qué pasa? – dice Mia.

– Tengo un muy mal presentimiento sobre esto, algo no anda bien, todo se ha vuelto demasiado..."fácil" – dice Louis, haciendo comillas con sus dedos.

– ¿Fácil?...¿Dijiste fácil?...– digo tomando conciencia – ¿Acaso te parece que ha sido fácil? – le pregunto molesta –

Sally se acaba de morir, Louis. Se murió para que podamos avanzar, para que logremos salir.

– No me refiero a eso, Jane. Me refiero a que la salida está a una esquina de aquí. No creo que nos deje pasar así como así – responde Louis.

– ¿Y qué sugieres que hagamos? – indaga Hunter.

– Tener más cuidado, supongo. Debe de ser una trampa, hasta ahora casi todo lo ha sido – responde Louis, su mirada o más bien su expresión completa me deja claro que está recordando lo que sucedió en la azotea.

Sin decir nada tomo una linterna y la lanzo a la esquina que debíamos cruzar. Una navaja la atraviesa y la estampa contra la pared. Todos quedamos boquiabiertos.

– Tenías toda la razón – confieso.

– Siempre la tengo – responde Louis con ego.

De pronto aparece uno de los monstruos que habíamos visto en el techo. El mismo tipo del que acabó con Sam. No nos da tiempo a reaccionar cuando muchas navajas salen disparadas de la criatura. Nos movemos intentando esquivarlas lo mejor posible. Pero noto como varios cortes se crean en mi cuerpo, y no solo en mí. Todos tenemos cortes, aunque ninguno muy profundo.

Las navajas no dejan de aparecer, como si aquella criatura tuviera municiones infinitas. Miro a mi alrededor a la vez que sigo esquivando. Localizo una caja de cartón a unos pocos pasos de mí. Corro con cuidado hacia esta y la uso para cubrirme, como si fuera un escudo.

– ¡Busquen un escudo! – ordeno a mis compañeros, quienes me ven con la caja y captan a lo que me refiero.

De pronto todos tenían un objeto en sus manos. Una mezcla de cajas, basureros y una mochila que se le habrá olvidado a alguien. No nos estamos comunicando con palabras, pero pareciera que sí, ya que accionamos en conjunto. Nos movemos rápido hacia la salida. Pasamos la esquina. El monstruo sigue con su ataque, pero nuestros escudos improvisados los soportan. Cuando solo estamos a un pasillo recto de la libertad, empezamos a correr.

Corremos como si nuestras vidas dependieran de eso, aunque en realidad así es. Louis es el primero en llegar a nuestra meta y lo primero que hace es soltar su caja y empujar la puerta. Pero esta no abre.

– Mierda! ¿Porque no abre?! Es otra maldita trampa – grita con desesperación – Caraj...

Miro a Louis y veo cómo se interrumpe. Él tiene los ojos muy abiertos. Su cuerpo está temblando. Tal vez sea porque una de las filosas navajas acaba de enterrarse en su pierna. Su boca está muy abierta. Se nota que duele y mucho. Me posiciono justo detrás de él para que mi "escudo" nos cubra a los dos. Louis se desploma en el suelo y empieza a gritar cada vez más fuerte por el dolor que le causa la herida. Joshua se acerca y lo carga sobre su espalda con cuidado.

– La puerta no abre, hay que irnos rápido – dice Mia.

No nos queda otra opción más que aceptar, ya que el monstruo de navajas se está acercando y no viene solo.

Dos más de su especie lo estaban siguiendo. Empezamos a correr, aunque no muy rápido, ya que Louis está herido y Joshua lo está cargando. Hunter les está siguiendo el paso. Mia y yo vamos lado a lado.

De vez en cuando miro hacia atrás. Las criaturas nos siguen, pero algo me dice que no están a su máxima velocidad. Pareciera que realmente ni siquiera se están esforzando. ¿Acaso nos intentan guiar a alguna otra trampa?

El ruido. Ese ruido que hemos escuchado varias veces vuelve a resonar. No había notado que ya había pasado un rato sin haber aparecido. Escuchar aquel sonido confirma mi teoría, esas criaturas sí nos estaban guiando a alguna parte, al menos eso es lo que creo a entender.

Somos un verdadero desastre. ¿Cómo no lo seríamos en esta situación? El miedo nos invade. Las navajas vuelven a dispararse hacia nosotros. Una cosa lleva a la otra y finalmente acabamos separándonos.

Otra vez.

CAPÍTULO XX

Estoy sola.

No estoy segura de donde estoy, pero sigo corriendo. Es la segunda vez que acabamos separándonos así y la segunda vez que acabo sola. Creo que el monstruo ya no me está siguiendo, pero sigo sin detenerme. Quizás estoy tratando de escapar de mi realidad.

No debería correr tanto, menos cuando mi inhalador no está conmigo. Pero no quiero pararme a pensar en todo lo que está pasando. Sally no está. Sam no está. Coral no está. No creo poder soportar este sufrimiento. Mis amigos pasaron de ser muchos a ser solo cuatro. Quizás sigo corriendo porque espero chocar o encontrar con uno de mis amigos. No quiero estar sola, no más.

De pronto oigo un ruido extraño en uno de los salones de clase, cosa que al fin hace que me detenga. Tengo la respiración agitada, pero aún puedo respirar. Me cuestiono unos segundos. ¿Debería ir a ver qué es? Últimamente la curiosidad nos está jugando la contraria. ¿Y si es uno de mis amigos? Seguro requiere ayuda. ¿Y si es una trampa?

Y si la respuesta es sí, ¿Qué tal si uno de mis amigos cayó en ella?

Finalmente decido ir. A un paso lento, claro. Asomo solo mi cabeza para ver qué es lo que causa tanto estruendo. Al poder localizar el causante de todo ese ruido siento mi corazón detenerse de golpe. Es un humano. Eso parece. Pero no es normal. Está levitando. Sus ojos son completamente negros al igual que sus venas. Hay mucho humo negro rodeándolo y su cabello está apuntando al techo. De hecho, parece una mujer. Su boca está abierta, pero no como una boca normal. Más bien está estirada hacia abajo. No parece real. Su cuerpo desprende una luz extraña. De un momento a otro su cabeza se voltea con bruscamente hacia mí. Carajo, me descubrió. ¿Qué hago? Me da miedo moverme, pero sé que no puedo quedarme aquí. Sigo pensando, pero no llego a nada. Vuelvo a centrarme en el ser que tengo enfrente. Tiene una sonrisa macabra. Las comisuras de sus labios se elevaron. No puedo visualizar sus dientes.

Después de tanto pensar y pensar noto algo. Se me hace familiar. Pienso en películas, leyendas, o cualquier cosa que pudiera relacionarse con la criatura, pero no se me ocurre nada.

– Jane...? – me llama con duda. Su voz automáticamente provoca una sensación de horror en mi pecho. ¿Por qué me resulta tan familiar? – Jane.

– Ah...– no se me ocurre qué decir. Mi mente sigue procesando e intentando buscar una conexión. Juro que he visto esto en alguna parte. Pienso, pienso y sigo pensando hasta que por fin lo consigo –¿Camila?

– ¡Sí me reconociste! ¡Qué alivio – usa un tono feliz y meloso – Lamento haberme ido sin avisar hace rato...es que tenía mucha hambre...– finge estar avergonzada!

Su mirada se desvía a la esquina del salón. Sigo su mirada con la mía y lo que encuentro es asqueroso y aterrador. El cuerpo de Olive, o al menos lo que queda de él.

– Tú te la...? – pregunto a medias muy asustada y aguantando las ganas de vomitar, aunque ya no tenga nada en el estómago para devolver.

– ¿Que si me la comí? Claro. No aportaba nada al grupo después de todo – dice con simpleza – Ya me tenía harta con sus chillidos de niña pequeña. Alguien debía callarla y como nadie más lo hacía ni lo iba a hacer pues...me tuve que encargar yo misma – estira uno de sus brazos y con su dedo índice me indica que me acerque – ¿Porque no entras? No te quedes afuera o algo podría pasarte...– usa un tono de preocupación.

Algo me dice que no está realmente preocupada. Sus palabras suenan más como una amenaza o advertencia. Como si lo que podría pasarme fuera ella. Me acerco a paso lento. Las manos me sudan y las piernas me tiemblan.

– ¿Qué quieres? – pregunto.

– Yo na...– su voz se traba y empieza a retorcerse – Na...– me hecho unos pasos hacia atrás, volteo con la intención de salir corriendo pero la puerta se cierra de golpe – No...– vuelvo a mirarla.

Tiene la boca abierta hasta más no poder. Suelta leves y bajos quejidos. Sus ojos pasan de ser color negro a tornarse blancos. Esto supera a todas las criaturas que he visto antes. Un líquido negro cae por sus pálidas mejillas. Ahora lo noto. Esa no es Camila. Al menos no la real. Es imposible.

– Ayúdame...– escucho.

Es un susurro. Bajo y casi inaudible. Pero ahí está. Esa es la verdadera voz de Camila. Su voz me transmite miedo, desesperación y... súplica. No está bien. Miro sus ojos. A pesar de ser completamente blancos, puedo distinguir miedo en su mirada. Más que miedo, puedo sentir su dolor.

Examino el salón en el que nos encontramos. Busco algo que me pueda servir. Tengo una idea, pero no es completamente segura. Me muevo lentamente cuidando no hacer ningún ruido que pueda llamar la atención de "Camila". Ella sigue retorciéndose, así que no está centrada en mí. Llego a mi meta, el escritorio de la maestra.

Abro uno de los cajones, que por suerte no estaban bajo llave y le doy una ojeada rápida. Bingo. Unas grandes tijeras, las mismas por las que Coral una vez se había molestado porque las había perdido. No puedo creer que nunca revisamos los cajones del escritorio. Que tontas fuimos.

Decido empuñar las tijeras. Miro a Camila otra vez. Lo pienso. Me cuestiono. Pero al final tomo la decisión. Me acerco con determinación y entierro el cuchillo en su pecho con fuerza.

Ella deja de retorcerse. Pareciera estar en pausa. No se mueve. Luego su cabeza voltea lentamente hacia mí de forma espeluznante y procede a lanzarse sobre mí. Un quejido abandona mi cuerpo y el aire abandona mis pulmones. Sus largas uñas se empiezan a enterrar en mi brazo, lo cual me hace soltar un grito de dolor. Con la mano de mi otro brazo, el cual estaba libre, decido enterrar dos dedos, uno en cada uno de sus ojos.

Claro que me repugna, pero trato de sobrevivir. Se aleja un poco de mí, cubriendo su rostro con sus manos. Arranco la tijera que estuvo enterrada en Camila todo este tiempo y se la vuelvo a enterrar. Una y otra vez. Su sangre me salpica cada vez que saco y vuelvo a meter el cuchillo. Luego de unos segundos, quizás un minuto, me detengo.

La miro detenidamente. Sus cejas están arqueadas y su respiración agitada. Está toda ensangrentada, al igual que yo.

– ¿Camila?...– pregunto.

– Perdóname...y gracias – murmura por lo bajo al pasar unos segundos, su respiración es irregular y su rostro muestra mucha debilidad – Podré disculparme con Alex...y con todos los demás...– una triste sonrisa se forma en sus labios – Podré estar finalmente en paz...

– ¿Disculparte con Alex? ¿Por qué? – cuestiono, desconcertada y sin entender el verdadero contexto de sus palabras, pues hasta donde yo sé Camila no tuvo nada que ver con la muerte de Alex. Estoy sosteniendo su mano. Poco a poco sus párpados van cayendo con suavidad hasta que finalmente se cierran y su agarre en mi mano se desvanece por completo – Cam...

Ya no está. Camila murió. Algo me dice que es exactamente lo que ella quería. Me faltan respuestas. Tengo muchas lagunas mentales. Me faltan muchas partes de la historia.

A través de los labios de Camila sale una extraña sustancia negra. Me arrastro hacia atrás. Intento alejarme lo más que puedo de ella, pero choco con una pared. Abro mi boca.

No quiero hacerlo, pero lo hago. Algo me obliga a hacerlo. Como si alguien estuviera controlando mi mente.

La sustancia comienza a ingresar en mi interior por mi boca. Siento mis ojos ponerse en blanco. Duele. Duele mucho. Siento una fuerte presión en el pecho y un dolor punzante en la cabeza. Ante de darme cuenta todo lo que podía ver era un color negro.

CAPÍTULO XXI

JOSHUA

Todo pasa tan rápido. No noto en qué momento solo estamos Louis y yo. Entro en un salón de clase al azar y dejo a mi amigo sentado en una silla. Me estiro un poco, pues ya tenía un buen rato corriendo con mi compañero en mi espalda. Miro las ventanas, sigue siendo de noche. Ya empieza a parecerme extraño. ¿Por qué no ha amanecido? Ya han pasado muchas horas. Miro a Louis. Él está mirando fijamente su pierna.

– No la saques – advierto refiriéndome a la navaja – Ni siquiera la toques.

– Lo sé, no soy idiota – responde – ¿Qué hacemos ahora?

– No lo sé – peino mi cabello hacia atrás con frustración – No tengo ni la menor idea.

– Bueno...– se quita su abrigo y lo rompe, con la tira de tela que arrancó se hace un torniquete para parar un poco la sangre – En algo tendremos que pensar.

– Pareciera que no te duele – observo.

– Pues tal y como dices, pareciera. La realidad es que me duele más que el carajo – dice lo último con una leve sonrisa, como si estuviera intentando hacerme reír.

– Chistoso – río ligeramente – Oye, cuando salgamos deberíamos hacernos un tatuaje de amistad entre todos, algo para honrar a los que no lograron salir – propongo.

– Me sorprendería que no lo hiciéramos después de todo lo que hemos pasado – dice Louis – Creo que sí, deberíamos.

Nos damos un apretón de manos. El trato está cerrado. Haremos un tatuaje de la amistad al liberarnos de esta cárcel. Estamos los dos sentados. Uno junto al otro. Nuestra conversación cesó. Me pongo a pensar en mi familia. Hasta ahora no había analizado esa parte. ¿Qué pasaría si no regreso? Apuesto a que mi hermano menor me odiaría. Yo también me odiaría si fuera él.

Mi madre lloraría cada día y trataría de convencer a mi hermano de que no fue mi culpa y de que no lo abandoné. Por otro lado, mi padre estaría muy decepcionado. Diría que cómo pudo tener un hijo tan débil, pero sé que en su interior estaría triste.

– Deberíamos ir a buscar a los demás – dice Louis sacándome de mis pensamientos.

– No lo sé...– dudo.

– Vamos, imagina que alguien está solo, eso debe ser muy aterrador, más luego de todo lo que hemos pasado.

– Sí, pero...tu pierna – le recuerdo.

– Ya no me duele. Me siento inservible estando aquí sentado haciendo nada cuando los demás están afuera y probablemente solos... – responde y se contradice, hace unos segundos me afirmó que sí le dolía.

– No lo sé...Creo...– un golpe en la puerta me hace cortar la oración – Joder, ese es Hunter.

Me apresuro a abrir la puerta y jalar a Hunter al interior. Cierro la puerta detrás de él. Su camiseta está empapada de sangre. Su mirada está perdida y siento su pulso demasiado débil. Reviso su estado y resulta que tiene muchas heridas profundas alrededor de su cuerpo.

– ¿Qué diablos te pasó? – le pregunto preocupado.

- Hace rato...una de las criaturas que nos seguían en el pasillo me dio, luego de que nos separamos creo que me vieron como el eslabón débil y fueron a por mí. Llegué a mi límite, no pude más...- dice con dificultad.

- ¿Por qué no dijiste nada en ese momento, idiota? - se acerca Louis saltando en una pierna.

- No quería ser dramático. Creo que fue una mala idea...- su cuerpo de pronto se desploma en el suelo - Una muy mala idea... - reitera.

- Carajo Hunter. Odio que seas tan orgulloso - me quejo - Ahora sí que no podemos irnos de aquí, Louis.

- No - responde Hunter - No sé a donde pretendían ir, pero quiero irme de aquí. Encontrar a los demás.

- Estás loco - dice Louis.

- Luego de todo esto, creo que todos lo estamos - dice Hunter con una ligera sonrisa.

Así fue como tomamos la decisión. Conociendo a Hunter, si le llevábamos la contraria él hubiera sacado fuerzas de quién sabe dónde para seguir adelante por sí solo, sin nosotros. Lo mejor es acompañarlo.

Cargo a Hunter sobre mi espalda. Louis desarma una escoba que estaba por suerte en una esquina del salón y utiliza el palo como bastón para poder caminar con más facilidad sin necesitar ayuda de nadie.

Nos aseguramos de estar listos y decidimos ponernos en marcha. Salimos del salón y empezamos a caminar en silencio. No tenemos una ruta establecida. No sabemos por dónde empezar a buscar a los demás.

Escucho un ruido extraño. Comparto miradas con Louis y siento como Hunter me da dos palmadas en el hombro. Básicamente concordamos con ir a ver qué o quién es. Nos vamos acercando al lugar con lentitud hasta que finalmente llegamos.

CAPÍTULO XXII

– ¿Jane? – pregunto extrañado, pero feliz.

– Oh, chicos – se acerca a nosotros – Qué suerte que nos encontráramos, ¿están con Mia?

– No, solo nos falta encontrarla a ella – dice Louis.

Hay algo extraño en Jane. No se siente normal. Una vibra extraña la rodea y sus ojos no muestran la luz que normalmente tenían. ¿Qué sucede? ¿Qué es lo que está pasando realmente? No. Solo me estoy haciendo ideas raras. Todo lo que está sucediendo me está haciendo perder la cordura, y eso no es lo que mis amigos necesitan en este momento, después de todo, yo soy quien toma el papel de líder cada vez que los problemas se presentan, esta ocasión no debe ser diferente.

– Hunter – dice Jane – ¿Estás bien? – me alivia escuchar un tono preocupado en su voz, significa que yo solo estaba imaginando cosas justo como pensaba, ¿no?

Hunter no responde, cosa que me alarma. Lo bajo de mi espalda y lo recuesto en el suelo. Está más débil. Perdió más sangre, demasiada. Su piel está más fría y el tono de su piel morena se vuelve mucho más pálido. Sus ojos se ven más débiles. Jane pega su cabeza al pecho de Hunter, intentando escuchar sus latidos.

– Anna...

Los ojos de Jane se abren de golpe al escuchar a Hunter mencionar a su fallecida hermana. Luego, lágrimas bajan con abundancia por sus mejillas. Ahí es cuando lo entiendo todo.

Hunter no pudo soportarlo más. Louis cae de rodillas al suelo, sé que le dolió caer así por su herida, pero más le duele perder a uno de sus mejores amigos, más aún cuando cada vez le quedan menos.

Me duele el pecho. Si hubiera escuchado a Louis y hubiéramos salido a buscar a Hunter antes, él seguro estaría bien. Todo es mi culpa por andar de miedoso y cobarde. Yo estaba equivocado, no tengo material para liderar. No puedo hacer los planes necesarios ni tengo la capacidad de proteger a mis compañeros, no soy la persona indicada para guiar a mis amigos bajo esta situación. Por mis malas decisiones han muerto muchos, ya no puedo continuar.

– Esto parece hasta chiste – digo con la voz temblorosa – No puede ser real. Hunter no pudo haberse ido también...Ya casi ni me sorprenden tantas muertes...

– Pues lo es, es real, todo esto es completamente real – dice Louis, aunque pareciera que está intentando convencernos a los dos – Ya no debemos esperar más. Busquemos a Mia. Debe estar sola, no podemos permitir que pase igual que con Hunter.

Todos están de acuerdo con él. Tal vez sus decisiones si sean las correctas a diferencia de las mías.

Empezamos a caminar. Louis sigue yendo apoyado del palo de escoba. Jane camina con normalidad. Quizás mi memoria me falla, pero ella estaba herida, ¿o no? ¿Que acaso no tenía el cuerpo lleno de cortadas al igual que todos los demás tras el ataque de aquellos monstruos en los pasillos? Además, ¿qué le pasó a su ropa? ¿En qué momento se empapó de nuevo con tanta sangre? ¿Sally no la había ayudado a limpiarla?

Da igual, en este momento no debo hacerme teorías raras.

CAPÍTULO XXIII

MIA

Estoy corriendo.

No me he detenido desde que nos separamos. Por primera vez desde que llegué a la supuesta "pijamada" estoy sola. Al principio estaba con Alvin, luego con el grupo y ahora sola. No sé qué hacer. No sé a dónde ir. No tengo mi linterna, así que corro en la oscuridad. Lo único que me permite ver es la luz de la luna que se cuela por las ventanas que se encuentran por los pasillos, pero, solo me bastan para no chocar contra una pared.

Deseo encontrarme con alguno de mis amigos, cualquiera de ellos, pero ya ha pasado mucho tiempo. La idea de que quizás todos están muertos y sólo yo quede viva me atormenta y cada vez se me hace más posible.

Salgo de mis pensamientos cuando algo me hace tropezar. Caigo de cara al suelo. Me siento y acaricio mi nariz. Luego, volteo a ver qué fue lo que me hizo caer y la sorpresa y confusión invaden mi mente.

– ¿Hunter? – pregunto.

Me acerco y lo agito, pero no responde. Me doy cuenta de que está...muerto. Siento un dolor en el pecho y algo revolcarse en mi estómago, pues es de mi amigo el cadáver que tengo al frente. Pero no es hora de llorar. Examino a mi alrededor, mis ojos se acostumbraron un poco a la oscuridad. Veo un rastro de sangre. Podría ser de Hunter, pero siento que no lo es. Me pongo de pie y decido seguir el rastro, a ver a dónde me lleva. Quizás no sea buena idea. Quizás por ahí hay un monstruo. Pero a este punto no tengo mucho más que perder.

Pasan los minutos y escucho unos ruidos extraños, así que empiezo a caminar con más cautela. Encuentro a Louis, el rastro de sangre era suyo, más específicamente de su pierna. Está acompañado por Joshua y Jane. Algo es extraño. Una vibra pesada los rodea. ¿Sí son ellos? A este punto no me sorprendería que apareciera un horrible monstruo cambia formas y que se esté haciendo pasar por ellos para atraparme y devorarme.

No es hasta que Louis cae al suelo y empieza a toser con fuerza que me doy cuenta de que si es real, si son ellos, pero prefiero no moverme de mi sitio por si las moscas. Es mejor prevenir que lamentar, como dice siempre Jane.

Joshua se acerca a él preocupado y Jane se mantiene mirando desde lejos. No entiendo bien lo que están diciendo, pero algo me dice que la herida que Louis tiene en su pierna se ha infectado. Joshua coloca su mano en la frente de Louis y por su reacción puedo deducir que tiene fiebre.

Me acerco un poco más, pero aún me mantengo escondida. Quiero poder entender lo que dicen, pero no que sepan que estoy aquí escuchando.

– Estás ardiendo, Louis – dice Joshua.

– Que forma tan patética de morir...– declara Louis.

– No vas a morir, no digas eso – dice Jane haciéndose presente – Enserio, no lo digas.

Algo me dice que me estoy perdiendo de una parte muy importante de la historia, pero no sé qué es. Todos están muy extraños. Veo como Joshua desata, rompe o termina de romper el pantalón de Louis para tener una mejor vista de su herida y seguido su expresión procede a mostrar mucho asco.

– ¿Qué diablos…? – se queja Joshua.

– Pero, qué asco...– dice Louis con repugnancia.

La herida de Louis está llena de un moco verde que a pesar de que no veo con claridad, hasta a mí me dan ganas de vomitar; además, desprende un olor bastante desagradable.

– Si no me sentía bien, ahora menos – advierte Louis.

– Movámonos, hay que salir de aquí – dice Joshua – Louis necesita un hospital, pero ya.

– Y Mia? – cuestiona Louis – No podemos dejarla.

– No sería bueno separarnos de nuevo, mejor busquémosla y juntos encontremos la forma de salir – sugiere Jane.

– Estoy aquí – anuncio luego de salir de mi escondite – Que bueno encontrarlos al fin – miento. Algo me dice que no deben enterarse de que los estuve espiando o de que tengo sospechas de que algo raro está pasando.

- ¡Mia, qué alegría! Ahora si podemos buscar una manera de salir - dice Joshua contento.

- No - interrumpe Jane - No, lo siento.

Los tres volteamos a mirarla muy confundidos.

- ¿A qué te refieres con eso? - pregunto.

- Intenté resistir, en serio, pero no puedo - nos informa Jane, aunque no entiendo para nada de qué está hablando - Váyanse, por favor, rápido.

De pronto sus venas se tornan de un color oscuro y sus ojos se voltean hacia arriba quedando completamente blancos. No puedo creer lo que estoy viendo. No parece real. Es Jane, mi amiga. No. No es ella.

- ¿Quién o qué eres? - pregunta Joshua, como si hubiera pensado lo mismo que yo.

- Nada - dice aquella cosa que se ve como Jane, luego procede a mostrar una espeluznante sonrisa. Las comisuras de sus labios sangran debido al estiramiento que hacen por aquella mueca - No es relevante quién o qué soy, sino lo que seré.

- ¿A qué te refieres con eso? – pregunto ahora yo.

- Tómatelo como quieras – le responde.

Me pongo de pie y miro a Joshua, él está dispuesto a correr, pero luego miro a Louis. Está inconsciente. La fiebre llegó demasiado lejos al igual que la infección de su herida. Esto no podía pasar en un peor momento.

- Vámonos – ordeno a Joshua.

- ¿Qué? – me mira sorprendido – Y Louis?

- ¿Quieres vivir o no? – le pregunto irritada.

Su mirada cambia de sorprendida a decepcionada. Eso solo hace que me moleste más. Yo solo estoy intentando salvarle la maldita vida y él se atreve a mirarme con esos ojos. El camina hacia Louis y lo cubre con su cuerpo.

- No abandonaré a mi amigo, Mia, no a otro más ni al último que me queda – me dice decidido.

- No hagas esto, vámonos – le insisto, pero él no se mueve ni un centímetro.

- Me lo llevaré conmi...

Un tentáculo extraño atraviesa la cabeza de Joshua. Lo hace con una facilidad que me asusta. Joshua acaba de morir por mi culpa. Sus sesos caen sobre el cuerpo de Louis, quien claramente sigue sin despertar.

Siento la culpa recorrer todo mi cuerpo. Si tan solo lo hubiera obligado a ir conmigo. Le hubiera agarrado el brazo y nos hubiéramos ido corriendo, aunque luego de tener este pensamiento me siento algo culpable.

– Ups – dice "Jane" – Es que ya estaba siendo demasiado cursi, me empezaba a dar asquito.

Vuelvo a salir de mis pensamientos. Había olvidado que ella seguía aquí, y que yo seguía en peligro. Decido darme la vuelta y empezar a correr, pero un tentáculo me agarra el tobillo y me arrastra por el suelo hasta llevarme con "Jane". El mismo con el que le atravesó la cabeza a Joshua, ¿cómo lo sé? Porque puedo sentir lo húmedo que está por los restos que le quedaban de los sesos de mi amigo. Me levanta y me quedo colgando de cabeza frente a ella. Justo como había pasado con Alvin.

– ¿Me vas a comer? – interrogo con miedo a la respuesta que pueda recibir.

– ¿Tú qué crees? – de pronto su boca se abre de manera anormal hasta pareces tan grande como la de un cocodrilo. Me muevo intentando zafarme, pero recuerdo que Alvin lo intentó y no le funcionó – Mátame...

Es un susurro. Lo que escucho al final es un susurro. Casi no lo escucho, pero lo hago. Miro dentro de la boca de la criatura y veo una pequeña luz.

Esa luz es la que emite ese susurro. Estoy segura. También estoy segura de que esa voz era de Jane, y me estaba pidiendo que...la mate. Pienso y debo hacerlo rápido. ¿Cómo diablos voy a matar voy esta cosa?

Entonces lo recuerdo.

CAPÍTULO XXIV

La luz.

La luz hizo que una de las criaturas se encogiera hace un rato.

La luz es la respuesta.

Meto mi mano lo más profundo que puedo de su garganta y estiro mi brazo. La criatura cierra su boca causando que yo suelte un fuerte grito de dolor al sentir sus dientes enterrárseme, pero eso no me hizo detener. Era lograrlo o morir, solo dos opciones. No había de otra.

Estoy a punto de rendirme. Siento los dientes de la criatura abrirse paso en mi carne, es un dolor que jamás había experimentado y que obviamente jamás quisiera repetir, más bien, no creo que podría, pero aun así no puedo permitirme y parar.

Entonces siento que toco algo. Siento que agarro una bola o algo parecido, tiene una textura bastante extraña, pero no tengo nada de tiempo para pensar en eso. Recupero un poco la esperanza. Con mi otro brazo acerco mi mano a sus ojos y hundo mi dedo índice en uno de ellos, causando que abra su boca dejando salir un grito estruendoso y libere mi brazo y veo que lo que mi mano sostenía era la bola de luz que había visto anteriormente en lo profundo de su garganta. Con ella apunto al monstruo, que me suelta haciendo que caiga de cabeza al suelo, causándome un fuerte golpe y confirmando mi teoría de que tiene una debilidad hacia la luz. Me pongo de pie lo más rápido que puedo, ignorando el fuerte dolor punzante que siento en mi cabeza.

La bola se escapa de mi agarre, se aleja de mí y va levitando independientemente hacia la criatura, como si tuviera mente propia.

El monstruo empieza a gritar y a retroceder, pero al final acaba chocando con una pared. Los gritos que salen de su garganta me hacen caer sentada en el suelo, y me provoca un dolor horrible en los tímpanos. La luz lo acorrala y empieza a brillar aún más. Cierro los ojos con fuerza por la potencia de la luz; es tan intensa que lastima mis ojos.

Cuando vuelvo a abrirlos la luz ya no está. El cuerpo de Jane vuelve a la normalidad. Me acerco a ella con cautela. Sus ojos están mirando a un punto fijo en el suelo.

– ¿Jane…?– Es todo lo que se me ocurre decir.

– Gracias, Mía…– susurra Jane, esta vez la verdadera. Sus ojos desprenden lágrimas de sangre y las comisuras de sus labios están arrugadas y ensangrentadas – Me salvaste... a mí y a ellos... ¿Pero a qué costo?

No entiendo qué quiere decir con eso último, pero decido ignorarlo. Sigo su mirada hasta algún punto detrás de mí. Son luces. Pequeñas. Como luciérnagas. Siento algo cálido en mi pecho. ¿Serán las almas de mis amigos? ¿Será posible? Pero... ¿Qué están esperando? Vuelvo a mirar a Jane. A través de sus labios entreabiertos y partidos sale una pequeña luz que se reúne con las otras. Ahora lo entiendo. La esperaban para irse. Una lágrima baja por mi mejilla.

Las luces salen por una pequeña ventana y ahí es cuando lo noto. El sol está saliendo.

¿Acaso todo acabó? ¿Al fin estoy a salvo? Corro hacia el cuerpo de Louis, que seguía tirado en el suelo, y lo reviso. Está vivo. Gracias al cielo está vivo. Dos pudimos lograrlo. Pero... ¿cuántos tuvieron que quedarse atrás para que nosotros podamos avanzar? Eso me provoca un poco de culpa, pero sentir la luz del sol me provoca también algo de alivio. Miro a todas partes, no siento nada de confianza. No quiero bajar la guardia y que finalmente vuelvan a atacarnos. Pasan los minutos y todo sigue igual. No es una trampa. Es real.

Vuelvo mi vista a Louis. Lo cargo sobre mi espalda, es demasiado pesado y yo muy bajita, pero resisto. Camino en dirección a la salida. Paso por toda la escuela. Veo muchos cuerpos. Paso junto al vaso de metal de Alvin, que se encontraba rodando por el suelo tras yo haberlo pateado por accidente, y lo recojo. Los recuerdos invaden mi memoria. El dolor arde en mi pecho, en mi corazón. Todos nuestros amigos perdieron sus vidas.

Aún recuerdo cuando recién me reunía con el grupo junto a Alvin, tenían esperanzas. Creíamos en los planes y en que iban a funcionar, pero ninguno lo hizo. Todos están muertos menos nosotros dos.

Finalmente llego a la salida y con mucho miedo decido intentar abrir la puerta y esta vez...si abre. No puedo evitar sonreír. Las cosas al fin parecen mejorar. Reacomodo a Louis en mi espalda, ya que se estaba resbalando.

Camino unos cuantos pasos fuera, pero ya no puedo más. Dejo a Louis en el suelo y me siento a su lado. Me tomo unos minutos para descansar y sentir la luz del sol en mi piel, luego de haber pasado horas que se sintieron eternas en la oscuridad.

Después de todo, ya no tenemos más monstruos buscándonos.

CAPÍTULO XXIV

1 año y 3 meses después...

Estoy sentada en la cafetería de mi escuela. Ya pasó un tiempo desde el incidente que hubo en la escuela, específicamente 15 meses. Claramente nadie creyó la verdadera historia. Me tacharon de culpable, de asesina, pero me dejaron libre por falta de evidencias.

No pudieron transferirme a otra escuela porque ninguna me aceptaba tras lo sucedido, aunque ninguna lo dijera directamente era más que obvio. Me tomó un rato poder adaptarme a mi nueva vida llena de rechazos y malos recuerdos, pero no podía quedarme estancada, al igual que todos los seres vivos, tengo tareas que cumplir.

Louis nunca volvió a despertar. Está en una especie de coma y tuvieron que amputarle la pierna para salvarlo de aquella infección. No hay una explicación de por qué fue tan grave, pero tampoco hay una explicación para lo que pasó esa noche.

Estoy sola. Mis amigos murieron. El único testigo que me queda está en coma. Marcos me odia, cree que yo mate a Sam. Todos me ven como una psicópata. Mi vida está más que arruinada.

– Maldita asesina – es Marco, como no, y su grupo de amigos lo está acompañando – ¿Cómo te atreves a mostrarte aquí luego de lo que hiciste?

– Yo no hice nada – aclaro.

Desde esa noche he estado intentando convencerme a mí misma de que nada es mi culpa. De que yo no hubiera podido evitar nada de lo que pasó, pero ese sentimiento de que pude haber hecho algo más se la ha pasado atormentándome cada día y aún más cada noche. Quizás si no le hubiera dado permiso a Alvin para ir conmigo él seguiría vivo. Si hubiera forzado a Joshua a dejar a Louis atrás, o más bien si lo hubiera ayudado a levantarlo y escapar los tres, estaría vivo. Yo soy quien mato a Jane. Sé que no fue directamente ella, pero de todas formas no puedo evitar culparme.

– ¿Nada? Claro, no hiciste nada, solo mataste a todos tus amigos. Jane, Sam, Louis, Hunter, Joshua, Sally, Alvin,

Coral, incluso a Camila, Anna y sus amigos. ¿Me falta alguien? – dice Marcos.

– Olive – dice uno de sus amigos.

– Ah, sí. Esa también. O sea, es obvio que no hiciste nada – dice con sarcasmo – ¿Que acaso no te avergüenza? Lárgate de aquí, maldita asesina – dice ya con más seriedad y enojo.

Miro a mi alrededor. Todos están mirándonos, pero nadie está intentando detenerlos. Nadie pretende defenderme. Claro, ninguno de ellos se acuerda de la Mía que conocían, me ven y solo pueden pensar en una asesina. Una psicópata que mató a sus amigos.

– Marco, déjala, ella realmente no lo vale, es un desperdicio de tiempo y saliva – dice otro de sus amigos – Mejor preparémonos para la pijamada del viernes.

– Cierto – me mira Marco – Por si no sabías, Mia, haremos una pijamada el viernes aquí en la escuela para honrar a tus víctimas, por supuesto no estás invitada.

Se van chocando sus hombros con los míos o pisando mis pies, pero algo en mí hace click y eso me hace olvidar sus maltratos. No pueden quedarse a hacer una pijamada el viernes. ¿Acaso no han aprendido nada? Miro a Marco, quien se acaba de reunir con su novia, Emma. Ella y yo intercambiamos miradas, solíamos ser amigas.

Se me ocurre intentar hablar con ella. Hacerla razonar. Que se dé cuenta de que es una muy mala idea. Ella siempre ha sido una chica lista, de seguro entenderá y le dirá a los demás que hagan su pijamada en otra parte.

No deben quedarse el viernes.

No deben saber en lo que me convertí luego de matar a Jane.

No deben saber que el monstruo ahora vive dentro de mí.

No deben saber que cada viernes necesito hacer un ritual en la escuela para mantenerme a raya. No quiero perder el control y acabar haciendo una masacre tal y como acabó haciendo Camila.

No debo dejar que la historia se repita.

AGRADECIMIENTOS

Quiero iniciar con este apartado agradeciendo a mis padres, Chao Huang y Fausto Jáquez, quienes me han brindado apoyo en el proceso de publicación de este libro, sin ellos hubiera sido casi imposible poder lograrlo. Los amo con todo mi corazón y son lo más preciado que tengo.

A Héctor, por ser el primero en leer el borrador de mi libro y compartirme sus opiniones sin poner filtros.

A Shadia, por ser la primera en leer el borrador en mi presencia dejándome ver sus expresiones faciales y escuchando sus comentarios al momento, y también con quien surgió el momento de la rata disecada en la vida real, te amo ratita.

A José, que aunque nunca leyó el borrador completo siempre se mostró interesado en los avances que tenía y en cómo iba acercándome más a mi meta.

A Sofía, quien a pesar de nunca terminar de leer el borrador me compartió las primeras impresiones que le daban y lo mucho que le gustaba mi manera de escribir, gracias.

A Maria, Mhel y Mario, que aunque no son lectores siempre me apoyaron con este proyecto y estuvieron ahí para escuchar lo que yo tenía que decir.

A Lisa, Angélica y Yadira, quienes a pesar de estar lejos siempre me dieron su actitud positiva y me brindaron su apoyo en lo que podían.

A Patricia y Paola, a quienes se me olvidó avisar y cuando mencioné este proyecto quedaron sin palabras y pensaron que era una broma (sorry), pero a pesar de eso me apoyaron en todo y siempre se mostraron felices por mis avances.

A Amber y Zitta, que aunque sean mis dos perritas siempre me levantaron los ánimos y me compartieron sus energías para seguir adelante.

A Uwe, que aunque ya no esté en este mundo me compartió motivación desde el otro lado.

GRACIAS A TODOS, DE CORAZÓN.

Made in the USA
Columbia, SC
19 October 2025

71070195R00114